开到荼蘼花事了

陆小曼作品精选集

陆小曼／著

新世界出版社
NEW WORLD PRESS

图书在版编目(CIP)数据

陆小曼作品精选集：开到荼蘼花事了 / 陆小曼著. —北京：新世界出版社，2017.6（2017.8重印）

ISBN 978-7-5104-6112-5

Ⅰ.①陆… Ⅱ.①陆… Ⅲ.①中国文学-现代文学-作品综合集 Ⅳ.①I216.2

中国版本图书馆CIP数据核字(2017)第081426号

陆小曼作品精选集：开到荼蘼花事了

作　　者　陆小曼　著
责任编辑　贾瑞娜
责任校对　宣　慧
责任印制　李一鸣　余燕龙
出版发行　新世界出版社
社　　址　北京西城区百万庄大街24号(100037)
发 行 部　(010) 68995968　(010) 68998705 (传真)
总 编 室　(010) 68995424　(010) 68326679 (传真)
http://www.nwp.cn　http://www.nwp.com.cn
策　　划　杭州蓝狮子文化创意股份有限公司
经　　销　新华书店
制　　版　杭州兴邦电子印务有限公司
印　　刷　杭州钱江彩色印务有限公司
规　　格　880毫米×1230毫米　1/32
字　　数　200千字　**印　　张**　8.125
版　　次　2017年6月第1版　2017年8月第2次印刷
书　　号　ISBN 978-7-5104-6112-5
定　　价　39.00元

序　言

1

提起民国才貌双绝的女子，要数林徽因和陆小曼最负盛名。

作为那个时代的明星人物，她们的婚恋比才情更博人眼球。前者理智地选择了与最适合自己的人结婚，却被后人痛批为“虚伪的心机女”；后者浪漫地离经叛道，嫁给自己最爱的人，仍被人指责为“任性的做作女”。

纵观她们的一生，林徽因仿佛是更多女性争相效仿的对象，她智慧、克制，一辈子被爱她的人宠溺着。讨厌她的人，多半也艳羡她的生活。

而陆小曼则任性地挥霍上天的馈赠，将一手好牌打烂，前半生如带刺的玫瑰，妩媚妖娆，令人仰止；后半生却在风雨中摇曳，告别爱情、财富与美貌。

但若有人问我更偏爱谁，我会毫不犹豫地答，陆小曼。她虽没有张幼仪的得体，林徽因的清醒，但没有人比她活得更痛快。

她是真正“不装”的人，爱恨分明，毫不伪饰。在包办婚姻盛行的民国时期，她勇敢地反叛世俗，执着追求自己的幸福。

她说“人生苦短，不用太认真，要及时行乐。”于是她做事从心所欲，活在当下。人们说她浪费了天赋和才华，没有下苦功夫多加练习。可她画画、唱戏、跳舞皆出于热爱，而非渴求他人的认可。

徐志摩死后，她活在此起彼伏的谩骂声中，身边不少朋友亦渐渐远离了她。然而，面对争议，她亦从未有过回应，她不需要任何人的理解、支持与同情，只求对得起自己的心。

她的人生因天才诗人徐志摩的出现与离开有了翻天覆地的变化。大家记住了她“徐志摩遗孀”的身份，也因纷飞的八卦与误解，遗忘了真实生活中的她究竟是个怎样的人。

2

1903年，陆小曼生在上海，长于北京。

父亲陆定是前日本首相伊藤博文的得意门生，后为国民党高官，任财政部司长和赋税司长多年，家财颇丰。母亲吴曼华是江南的名门闺秀，典型的文艺女青年，有深厚的古文基础，又擅笔墨丹青。

在这样的环境下成长，陆小曼的气质里不仅有江南的灵秀清丽，亦有北方的飒爽大气；有母亲的绘画天赋，亦有父亲的社交才华。

她生性聪慧，从小接受了最好的教育，精通英文、法文，写得一手蝇头小楷，能弹钢琴，会写作，长于绘画。

著名画家刘海粟称赞她说："她的古文基础很好，写旧诗的绝句，清新俏丽，颇有明清诗的特色；写文章，蕴藉婉转，很美，又无雕凿之气；她的工笔花卉和淡墨山水，颇见宋人院本的传统；而她写的新体小说，则诙谐直率……"

15岁那年，在圣心学堂就读时，她的油画作品就被一位外国人以200法郎的价格当即买走。

17岁时，她进入北洋政府外交部，从事接待外国使节工作，镇定从容，胆大机智。

一回，法国的霞飞将军访问中国，见中国的仪仗队动作凌乱，忍不住嘲讽："你们中国的练兵方法大概与世界各国都不相同吧，姿势千奇百怪！"

小曼听了，用熟练的法语笑着说："没什么不同，大概因为您是当今世界上最有名的英雄，大家见了您不由得心情激动，所以动作乱了。"

多巧妙的回答，既挽回了国家的颜面，又顺势取悦了法国将军。

她有极强的国家荣誉感，面对外宾的恶意，绝不视而不见。

某次节日聚会上，几个外国人为了取乐，拿烟头烫中国孩子的气球，惹得孩子哇哇大哭。陆小曼见了，冷静地拿了根烟头走到外国孩子中间，噼里啪啦地戳爆洋娃娃的气球。

还有一次，她陪外宾看文艺表演，听到身旁有外国人嘀咕："这么糟糕的东西，怎么能搬上舞台？"小曼立刻回道："这些都是我们国家有特色的节目，只可惜你们看不懂而已。"

她的外交能力深得"民国第一外交家"顾维钧的认可，他曾当着其父陆定的面说："陆定的面孔一点也不聪明，可是他女儿陆小曼小姐却那样漂亮、聪明。"

3

现在许多人看小曼的黑白照，觉得她不够美。然而，小曼的美，或许真的无法从照片上反映，她的美是一种风情，在一颦一笑、举手投足间扑面而来。

胡适说陆小曼是"北京城一道不可不看的风景"。

郁达夫的夫人王映霞曾号称"杭州第一美人"，但见过陆小曼之后，也说："她确实是一代佳人。"

甚至连徐志摩的前妻张幼仪也不得不赞她美。

风头最劲的时候，她与上海的唐瑛并驾齐驱，引领着名媛群体的风骚，并称为"南唐北陆"。

好莱坞电影公司也来找她去美国拍片，还汇来了近5000美元的巨款，但含着金钥匙出生的小曼重情不重财，不忍离开亲人与爱人，又不愿为外国人拍戏，于是婉拒了好莱坞。

4

19岁那年，在母亲的安排下，陆小曼嫁给了京城最抢手的青年才俊王赓。王赓帅气挺拔，清华毕业，在普林斯顿读过文学，在西点军校学过军事。后被提拔为陆军上校，前途一片光明。

可就是这样一个绝佳的丈夫人选，小曼仍无法对他动心。她学不会将就，即使在风口浪尖，也怀抱着飞蛾扑火的浪漫。

别人骂她作，王赓爱她，能干，颜值又高，她为何不能像林徽因一样安心过日子。

可陆小曼说："婚后一年才稍懂人事，明白两性的结合不是可以随便听凭别人安排的，在性情和思想上不能相谋而勉强结合是人世间最痛苦的一件事。"

婚后第三年，她与离了婚的徐志摩相识，两人迅速坠入爱河，隔年，陆小曼与王赓离婚，震动了整个北京城。

离婚前夕，为了能和徐志摩顺利在一起，她打掉了刚怀上的王赓的孩子，从此丧失了生育能力并落下了病根。

亦舒在小说里写过，女人一生所求要么是很多很多的爱，要么是很多很多的钱。若两者皆无，那么有健康也是好的。

陆小曼偏偏拥有了难以兼得的宠爱与财富，却忍受了一辈子的病痛。

5

疾病的折磨是真爱的代价，也是佐证，与对徐志摩的爱一起，缠绕了她一生。但这对眷侣仅仅相恋七年，便天人相隔。

1931年10月18日，徐志摩坐飞机赶去听林徽因的演讲，不幸坠机身亡。不少朋友闻讯后纷纷与陆小曼断绝了关系，认为是陆的拜金奢靡害死了徐志摩。

徐志摩的死是天意，若非要追究原因，直接导致徐志摩坠机的是参加林徽因的演讲，而非陆小曼。

徐志摩当初与张幼仪离婚亦是因为林徽因，可世人却将黑锅扣在小曼背上。

然而，外界争议再大，陆小曼也从不辩解，她在乎的只有徐志摩，此外的一切纷扰，影响不了她的内心。

徐志摩死后，人间再无名媛陆小曼。她不强求自己做一辈子美人，不再是昔日的“名媛”，终身服素，卧室里一直挂着志摩的大幅遗像。

在《哭摩》里，她说：“我一定做一个你一向希望我所能成为的一种人，我决心做人，我决心做一点认真的事业。”

她终日待在家中，画画、编志摩文集，过完了自己的后半生。

其实，在人生跌入谷底的时候，她不是没有其他选择，前夫王赓提过复婚，曾经的暧昧对象胡适想要为她安排生活，宋子文、宋美龄的弟弟宋子安也想与她约会，但陆小曼都一一拒绝了。

她选择与按摩名家翁瑞午一起走了三十年。志摩在世时，曾将小曼托给他照顾，但小曼对他“只有感情，没有爱情”。她说，她与翁瑞午并无苟且，只是后来治病，年深日久，才委身于他。

1965年4月3日，63岁的她逝世于上海华东医院，唯一的遗愿是和徐志摩合葬。

这个要求被徐志摩与张幼仪的儿子徐积锴拒绝了。

小曼的一生，有过风花雪月、纸醉金迷，也有寒蝉凄切、清心寡欲，曾受过万千宠爱与追捧，也惹得非议满身。但她有她难得的超脱、纯粹与深情。

徐志摩曾写道：“案上插了一枝花便不寂寞，最宜人是月移花影上纱窗。”

陆小曼就是那枝花。

后来，徐志摩去世，小曼坚持买鲜花送给志摩，她说：“艳美的鲜花是志摩的象征，他是永远不会凋谢的，所以我不让鲜花有枯萎的一天。”

花在，志摩的爱就在，爱在，小曼便不寂寞。

6

看了以上内容，你是否也发现了一个自己未曾了解到的陆小曼？

为了更全面、多维度地还原真实的陆小曼，破解误读，十点读书携手蓝狮子图书，推出了这套可接受个性化定制的陆小曼选集，不仅囊括了散文、诗歌、书信、小说、戏剧等体裁，还收录了她的代表画作。

为保持本书的原汁原味，我们在摘编本书时保留了作者手稿中内容，未做过多修改，以展现当时的语言文字风格。

我们还发出众筹邀请，希望集众人之力，再现这位民国才女真实的一生。在此，感谢参与活动的各位小伙伴，这是我们共同完成的选集，因为有你们的付出，才有了这本书的诞生。

十点君

2016年12月

目 录
CONTENTS

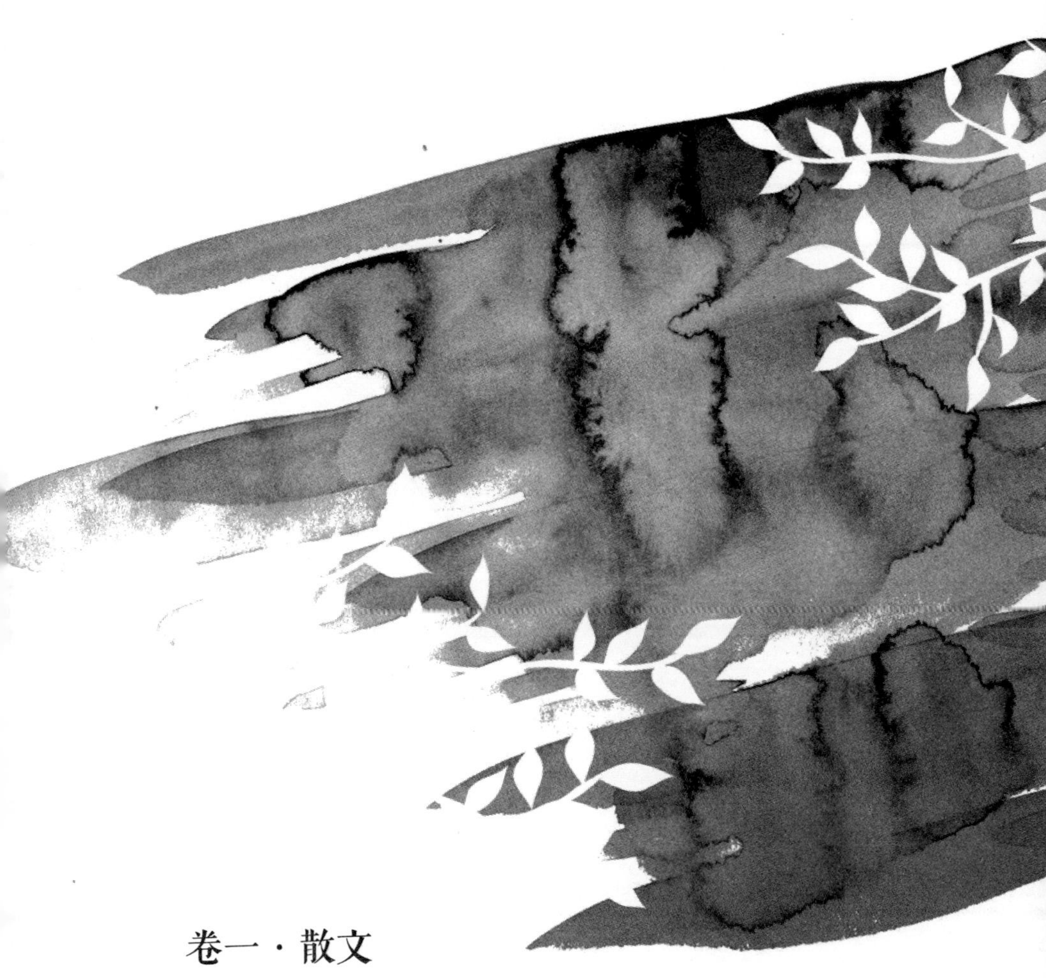

卷一·散文

《云游》是由邵洵美出资、陈梦家收集徐志摩的资料编成的诗词集，于1932年7月出版。该序为陆小曼写于1931年12月30日。

《云游》序

我真是说不出的悔恨为甚么我以前老是懒得写东西。志摩不知逼我几次，要我同他写一点序，有两回他将笔墨都预备好，只叫随便涂几个字，可是我老是写不到几行，不是头晕即是心跳，只好对着他发愣，抬头望着他的嘴盼他吐出圣旨来我即可以立时的停笔。那时间他也只得笑着对我说："好了，好了，太太我真拿你没有办法，去耽着罢！回头又要头痛了。"走过来掷去了我的笔，扶了我就此耽下了，再也不想接续下去。我只能默默的无以相对，他也只得对我干笑，几次的张罗结果终成泡影。

又谁能够料到今天在你去后我才真的认真的算动笔写东西，回忆与追悔便将我的思潮模糊得无从捉摸。说也惨，这头一次的序竟成了最后的一篇，哪得叫我不一阵心酸，难道说这也是上帝早已安排定了的么？

不要说是写序我不知道应该如何落笔，压根儿我就不会写东西，虽然志摩说我的看东西的决断比谁都强，可是轮到自己动笔就抓瞎了。这也怪平时太懒的缘故。志摩的东西说也惭愧多半没有读过，这一件事有时使得他很生气的。也有时偶尔看一两篇，可从来也未曾夸过他半句，不管我心里是多么的叹服，多么赞美我的摩。有时他若自读自赞的，我还要骂他臭美呢。说也奇怪要是我不喜欢的东西，只要说一句“这篇不大好”他就不肯发表。有时我问他你怪不怪我老是这样苛刻的批评你，他总说：“我非但不怪你，还爱你能时常的鞭策，我不要容我有半点的‘臭美’，因为只有你肯说实话，别人老是一味恭维。”话虽如此，可是有时他也怪我为甚么老是好像不稀罕他写的东西似的。

其实我也同别人一样的崇拜他，不是等他过后我才夸他，说实话他写的东西是比一般人来得俏皮。他的诗有几首真是写得像活的一样，有的字用得别提多美呢！有些神仙似的句子看了真叫人神往，叫人忘却人间有烟火气。它的体格真是高超，我真服他从甚么地方想出来的。诗是没有话说不用我赞，自有公论。散文也是一样流利，有时想学也是学不来的。但是他缺少写小说的天才，每次他老是不满意，我看了也是觉得少了点甚么似的，也不知道是甚么道理，我这一点浅薄的学识便说不出所以然来。

洵美叫我写摩的《云游》的序，我还不知道他这《云游》是几时写的呢！云游！可不是，他真的云游去了，这一本怕是他最后的诗集了，家里零碎的当然还有，可是不知够一本不。这些日因为成天的记忆他，只得不离手的看他的信同书，愈好当然愈是伤感，可叹奇才遭天妒，从此我再也见不着他的可爱的诗句了。

当初他写东西的时候，常常喜欢我在书桌边上捣乱，他说有时在逗笑的时间往往有绝妙的诗意不知不觉的驾临的，他的《巴黎的鳞爪》《自剖》都是在我的又小又乱的书桌上出产的。书房书桌我也不知给他预备过多少次，当然比我的又清又洁，可是他始终不肯独自静静的去写的。人家写东西，我知道是大半喜欢在人静更深时动笔的，他可不然，最喜欢在人多的地方，尤其是离不了我，除我不在他的身旁。我是一个极懒散的人，最不知道怎样收拾东西，我书桌上是乱的连手都几乎放不下的，当然他写完的东西我是轻易也不会想着给收拾好，所以他隔夜写的诗常常次晨就不见了，嘟着嘴只好怨我几声，现在想来真是难过，因为诗意偶然得来的是不轻易来的，我不知毁了他多少首美的小诗，早知他要离开我这样的匆促，我赌咒也不那样的大意的。真可恨，为甚么人们不能知道将来的一切。

我写了半天也不知道胡诌了些甚么，头早已晕了，手也发抖了，心也痛了，可是没有人来掷我的笔了。四周只是寂静，房中只闻滴答的钟声，再没有志摩的“好了，好了”的声音了。写到此地不由我阵阵的心酸，人生的变态真叫人难以捉摸，一霎眼，一皱眉，一切都可以大翻身。我再也想不到我生命道上还有这一幕悲惨的剧。人生太奇怪了。

我现在居然还有同志摩写一篇序的机会，这是我早答应过他而始终没有实行的，将来我若出甚么书是再也得不着他半个字了，虽然他也早已答应过我的。看起来还是他比我运气，我从此只成单独的了。

我再也写不下去了，没有人叫我停，我也只得自己停了。我眼前只是一阵阵的模糊，伤心的血泪充满着我的眼眶，再也分不清白纸黑墨。志摩的幽魂不知到底有一些回忆能力不？我若搁笔还不见持我的手！！

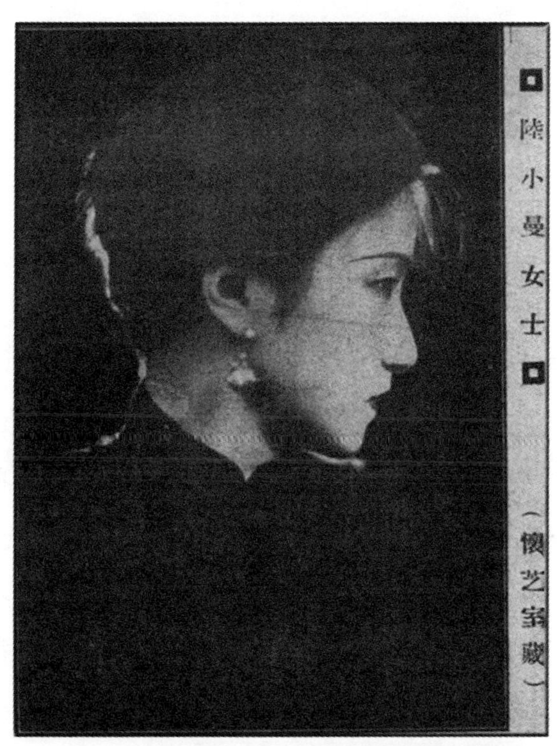

1930年2月6日《上海画报》所刊陆小曼侧影

1931年11月，徐志摩从南京搭乘飞机北上去听林徽因学术报告，途中飞机失事不幸遇难。该篇由陆小曼写于1932年年初，即徐志摩失事后不久。

哭摩

我深信世界上怕没有可以描写得出我现在心中如何悲痛的一支笔。不要说我自己这支轻易也不能动的一支。可是除此我更无可以泄我满怀伤怨的心的机会了，我希望摩的灵魂也来帮我一帮，苍天给我这一霹雳直打得我满身麻木得连哭都哭不出，混[①]〔浑〕身只是一阵阵的麻木。几日的昏沉直到今天才醒过来，知道你是真的与我永别了。摩！漫说是你，就怕是苍天也不能知道我现在心中是如何的疼痛，如何的悲伤！从前听人说起“心痛”我老笑他们虚伪，我想人的心怎会觉得痛，这不过说说好听而已，谁知道我今天才真的尝着这一阵阵心中绞痛似的味儿了。你知道么？曾记得当初我只要稍有不适即有你声声的在旁慰问，咳，如今我即使是痛死也再没有你来低声下气的慰问了。摩，你是不是真的忍心永远的抛弃我了么？你从前不是说你我最后的呼吸也须要连在一起才不负你我相爱

① 作者原稿如此，〔 〕中文字为编者根据文意核定内容，（ ）中文字为编者根据文意补充内容，全书同。

之情么？你为甚么不早些告诉我是要飞去呢？直到如今我还是不信你真的是飞了，我还是在这儿天天盼着你回来陪我呢，你快点将未了的事情办一下，来同我一同去到云外去优游去罢，你不要一个人在外逍遥，忘记了闺中还有我等着呢！

这不是做梦么？生龙活虎似的你倒先我而去，留着一个病恹恹的我单独与这满是荆棘的前途来奋斗。志摩，这不是太惨了么？我还留恋些甚么？可是回头看看我那苍苍白发的老娘，我不由一阵阵只是心酸，也不敢再羡你的清闲爱你的优游了，我再哪有这勇气，去看她这个垂死的人而与你双双飞进这云天里去围绕着灿烂的明星跳跃，忘却人间有忧愁有痛苦像支〔只〕没有牵挂的梅花鸟。这类的清福怕我还没有缘去享受！我知道我在尘世间的罪还未满，尚有许多的痛苦与罪孽还等着我去忍受呢。我现在惟一的希望是你倘能在一个深沉的黑夜里，静静凄凄地放轻了脚步走到我的枕边给我些无声的私语让我在梦魂中知道你！我的大大是回家来探望你那忘不了你的爱来了，那时间，我决不张惶！你不要慌，没人会来惊扰我们的。多少你总得让我再见一见你那可爱的脸我才有勇气往下过这寂寞的岁月，你来罢，摩！我在等着你呢。

事到如今我一点也不怨，怨谁好？恨谁好？你我五年的相聚只是幻影，不怪你忍心去，只怪我无福留，我是太薄命了，十年来受尽千般的精神痛苦，万样的心灵摧残，直将我这颗心打得破碎得不可收拾，今天才真变了死灰的了，也再不会发出怎样的光彩了。好在人生的刺激与柔情我也曾尝味，我也曾容忍过了。现在又受到了人生最可怕的死别。不死也不免是朵憔悴的花瓣再见不着阳光晒也不见甘露漫了。从此我再不能知道世间有我的笑声了。

经过了许多的波折与艰难才达到了结合的日子，你我那时快乐直忘记了天有多高地有多厚，也忘记了世界上有忧愁二字，快活的日子过得与飞一般快，谁知道不久我们又走进忧城。病魔不断地来缠着我。它带着一切的烦恼，许多的痛苦，那时间我身体上受到了不可言语的沉痛，你精神上也无端的沉入忧闷，我知道你见我病身呻吟，转侧床笫，你心坎里有说不出的怜惜，满肠中有无限的伤感。你曾慰我，我却无从使你再有安逸的日子，摩，你为我荒度〔废〕了你的诗意，失却了你的文兴，受着一般人的笑骂，我也只是在旁默然自恨，再没有法子使你像从前的欢笑。谁知你不顾一切的还是成天的安慰我，叫我不要因为生些病就看得前途只是黑暗，有你永远在我身边不要再怕一切无谓的闲论。我就听着你静心平气的养，只盼着天可怜我们几年的奋斗，给我们一个安逸的将来。谁知道如今一切都是幻影，我们的梦再也不能实现了，早知有今日何必当初你用尽心血地将我抚养呢？让我前年病死了，不是痛快得多么？你常说天无绝人之路，守着好了，哪知天竟绝人如此，哪里还有我平坦走着的道儿？这不是命么？还说甚么？摩，不是我到今天还在怨你，你爱我，你不该轻身，我为你坐飞机，吵闹不知几次，你还是忘了我的一切的叮咛，瞒着我独自地飞上天去了。

完了，完了，从此我再也听不到你那叽咕小语了，我心里的悲痛你知道么？我的破碎的心留着等你来补呢，你知道么？唉，你的灵魂也有时归来见我么？那天晚上我在朦胧中见着你往我身边跑，只是那一霎眼的就不见了，等我跳着、叫着你，也再不见一些模糊的影子了。咳，你叫我从此怎样度此孤单的日月呢？真是叫天天不应，叫地地不响，苍天如何给我这样惨酷的刑罚呢！从此我再不信有天道，有人心，我恨这世界，我恨天，恨地，我一切都恨，我恨他们为甚么抢了我的你去，生生的将我们两颗碰在一起的心离了开去，从此叫我无处去摸我那一半热血未干的心。你看，我这一半还是不断地流着鲜红的血，流得满身只成了个血人。这伤痕除了那一半的心血来补，还有甚么法子不叫她不滴滴的直流呢？痛死了有谁知道？终有一天流完了血自己就枯萎了。若是有时候你清风一阵的吹回来见着我成天为你滴血的一颗心，不知道又要如何的怜惜如何的张惶呢，我知道你又看着两个小猫似眼珠儿乱叫乱叫着，我希望你叫高声些，让我好听得见，你知道我现在只是一阵阵糊涂，有时人家大声地叫着我，我还是东张西望不知声音是何处来的呢。大大，若是我正在接近着梦边，你也不要怕扰了我的梦魂像平常似的不敢惊动我，你知道我再不会骂你了，就是你扰我不睡我也不敢再怨了，因为我只要再能得到你一次的扰，我就可以责问他们因何骗我说你不再回来，让他们看着我的摩还是丢不了我，乖乖的又回来陪伴着我了，这一回我可一定紧紧的搂抱你再不能叫你飞出我的怀抱了。天呀！可怜我，再让你回来一次罢！我没有得罪你，为甚么罚我呢？摩！我这儿叫你呢，我喉咙里叫得直要冒血了，你难道还没有听见么？直叫到铁树开花，枯木发声我还是忍心等着，你一天不回来，我一天的叫，等着我哪天没有了气我才甘心地丢开这惟一的希望。

你这一走不单是碎了我的心，也收了不少朋友伤感的痛泪。这一下真使人们感觉到人世的可怕，世道的险恶，没有多少日子竟会将一个最纯白最天真不可多见的人收了去，与人世永诀。在你也许到了天堂，在那儿还一样过你的欢乐的日子，可是你将我从此就断送了。你以前不是说要我清风似的常在你的左右么？好，现在倒是你先化着一阵清风飞去天边了，我盼你有时也吹回来帮着我做些未了的事情，只要你有耐心的话，最好是等着我将人世的事办完了同着你一同化风飞去，让朋友们永远只听见我们的风声而不见我们的人影，在黑暗里我们好永远消〔逍〕遥自在的飞舞。

我真不明白你我在佛经上是怎样一种因果，既有缘相聚又因何中途分散，难道说这也有一定的定数么？记得我在北平的时候，那时还没有认识你，我是成天的过着那忍泪假笑的生活。我对人老含着一片至诚纯白的心而结果反遭不少人的讥诮，竟可以说没有一个人能明白我，能看透我的。一个人遭着不可言语的痛苦，当然地不由生出厌世之心，所以我一天天地只是藏起了我的真实的心而拿一个虚伪的心来对付这混浊的社会，也不再希望有人来能真直〔真〕

的认识我明白我，甘心愿意从此自相摧残的快快了此残生，谁知道就在那时候会遇见了你，真如同在黑暗里见着了一线光明，遂死的人又兑了一口气，生命从此转了一个方向。摩摩，你的明白我，真算是透彻极了，你好像是成天钻在我的心房里似的，直到现在还只是你一个人是真还懂得我的。我记得我每遭人辱骂的时候你老是百般的安慰我，使我不得不对你生出一种不可言喻的感觉。我老说，有你，我还怕谁骂，你也常说，只要我明白你，你的人是我一个人的，你又为甚么要去顾虑别人的批评呢？所以我哪怕成天受着病魔的缠绕也再不敢有所怨恨的了。我只是对你满心的歉意，因为我们理想中的生活全被我的病魔来打破，连累着你成天也过那愁闷的日子。可是二年来我从来未见你有一些怨恨，也不见你因此对我稍有冷淡之意。也难怪文伯要说，你对我的爱是come and true（真爱）的了。我只怨我真是无以对你，这，我只好报之于将来了。

我现在不顾一切往着这满是荆棘的道路上走去，去寻一点真实的发展，你不是常怨我跟你几年没有受着一些你的诗意的陶熔么？我也实在惭愧，真也辜负你一片至诚的心了，我本来一百个放心，以为有你永久在我身边，还怕将来没有一个成功么？谁知现在我只得独自奋斗，再不能得你一些相助了，可是我若能单独撞出一条光明的大路也不负你爱我的心了，愿你的灵魂在冥冥中给我一点勇气，让我在这生命的道上不感受到孤立的恐慌。我现在很决心的答应你从此再不张着眼睛做梦躺在床上乱讲，病魔也得最后与它决斗一下，不是它生便是我倒，我一定做一个你一向希望我所能成的一种人。我决心做人，我决心做一点认真的事业，虽然我头顶只见乌云，地下满是黑影，可是我还记得你常说“受苦的人没有悲观的权力”。一个人决不能让悲观的慢性病侵蚀人的精神，让厌世的恶质染黑人的血液。我此后决不再病（你非暗中保护不可），我只叫我的心从此麻木，不再问世界有恋情，人们有欢娱。我早打发我的心，我的灵魂去追随你的左右，像一朵水莲花拥扶着你往白云深处去缭绕，决不回头偷看尘间的作为，留下我的躯壳同生命来奋斗。到战胜的那一天，我盼你带着悠悠的乐声从一团彩云里脚踏莲花瓣来接我同去永久的相守，过吾们理想中的岁月。

一转眼，你已经离开了我一个多月了，在这段时间我也不知道是怎样过来的，朋友们跑来安慰我，我也不知道是说甚么好。虽然决心不生病，谁知一直到现在（病）也没有离开过我一天。摩摩，我虽然下了天大的决心，想与你争一口气，可是叫我怎生受得了每天每时的悲念你时的一阵阵心肺的绞痛。到现在有时想哭，眼泪干得流不出一点；要叫，喉中疼得发不出声。虽然他们成天的逼我一碗碗的苦水，也难以补得了我心头的悲痛，怕的是我恹恹的病体再受不了那岁月的摧残。我的爱，你叫我怎样忍受没有你在我身边的孤单。你那幽默的灵魂为甚么这些日子也不给我一些声响？我晚间有时也叫了他们走走开，房间不让有一点声音，盼你在人静时给我一些声响，叫我知道你的灵魂是常常环绕着我，也好叫我在茫茫前途感觉到一点生趣，不然怕死也难以支持下去了。摩！大大！求你显一显灵罢，你难道忍心真的从此不再同我说一句话了么？不要这样的苛酷了罢！你看，我这孤单一人影从此怎样的去撞这艰难的世界？难道你看了不心痛么？你爱我的心还存在么？你为甚么不响？大！你真的不响了么？

1927年3月，徐志摩、陆小曼杭州留影

徐志摩对陆小曼的爱称为“眉”，“爱眉小札”即他与陆小曼在恋爱过程中写下的一组日记和书信。后陆小曼为纪念徐志摩诞辰40周年，将其整理成书，于1936年出版。该序由陆小曼写于1934年3月19日。

《爱眉小札》序（一）

振宇连跑了几次，逼我抄出志摩的日记。我一天天的懒，其实不是懒！是怕，真怕极了。两年来所有他的东西我一共锁起，放在看不见的地方，总也没有勇气敢去拿出来看，几次三番想理出他的信同日记去付印，可是没有看到几页就看不下去了。因为我老是想等着悲哀也许能随着日子一天天的溶化的，谁知事实同理想简直不能混合的。这一次我发恨的抄，三千字还抄了三天，病了一天，今天我才知道，等日子是没有用的。不看，也许脑子的印象可以糊涂一点，自己还可拿种种的假来骗自己。可是等到看见了他那像活的似的字，一个个跳出来，他的影子也好像随着字在我眼前来回的转似的，到这时候，再骗也骗不住了，自己也再止不住自己的伤感了，精神上又受不住，到结果非生病不可。所以我两年来不但不敢看他的东西，连说话也不敢说到他，每次想到他，自己急忙想法子丢开，不是看书就是画，成天只是麻木了心过日子，甚么也不想，甚么也不管。

这本日记是我们最初认识时候写的，那时我们大家各写一本，换着看的。在初恋的时候，人的思想、动作，都是不可思议的。他的尤其是热烈，有许多好的文字，同他平时写的东西完全不同，我本不想发表的，因为他是单独写给我一个人的，其中大半都是温柔细语，不可公开的。不过这样流利美艳的文字，单只供我一人享受，似乎有点说不过去，我以为天下凡是美的东西，一定要大家共同享受，才不负它的美。所以我不敢私心，不敢独受，非得写出来跟大家同看不可，况且从前他自己也曾说过：“将来等你我大家老了，拿两本都去印出来送给朋友们看，也好让大家知道我们从前是怎样的相爱。等到头发白了再拿出来看，一定是很有趣的。”他既然有过意思要发表，我现在更应该遵他的遗命，先抄出一部分，慢慢的等我理出了全部的再付印成一本书，让爱好的朋友们都可以留一个纪念。

三月十九日小曼灯下

该篇为陆小曼在1936年上海良友图书公司正式出版《爱眉小札》单行本时所作的序。

《爱眉小札》序（二）

今天是志摩四十岁的纪念日子，虽然甚么朋友亲戚都不见一个，但是我们两个人合写的日记却已送了最后的校样来了。为了纪念这部日记的出版，我想趁今天写一篇序文；因为把我们两个人呕血写成的日记在这个日子出版，也许是比一切世俗的仪式要有价值有意义得多。

提起这二部日记，就不由得想起当时摩对我说的几句话，他叫我“不要轻看了这两本小小的书，其中哪一字哪一句不是从我们热血里流出来的？将来我们年纪老了，可以把它放在一起发表，你不要怕羞，这种爱的吐露是人生不易轻得的！”为了尊重他生前的意见，终于在他去世后五年的今天，大胆的将它印在白纸上了，要不是他生前说过这种话，为了要消灭我自己的痛苦，我也许会永远不让它出版的。其实关于这本日记也有些天意在里边。说也奇怪，这两本日记本来是随时随刻他都带在身旁的，每次出门，都是先把它们放在小提包里带了走，惟有这一次他匆促间把它忘掉了。看起来不该消灭的东西是永远不会消灭的，冥冥中也自有人在支配着。

关于我和他认识的经过，我觉得有在这里简单述说的必要，因为一则可以帮助读者在这二部日记和十数封通信之中，获得一些故事上的连贯性；二则也可以解除外界对我们俩结合之前和结合之后的种种误会。

在我们初次见面的时候（说来也十年多了），我是早已奉了父母之命媒妁之言同别人结婚了，虽然当时也痴长了十几岁的年龄，可是性灵的迷糊竟和稚童一般。婚后一年多才稍懂人事，明白两性的结合不是可以随便听凭别人安排的，在性情与思想上不能相谋而勉强结合是人世间最痛苦的一件事。当时因为家庭间不能得着安慰，我就改变了常态，埋没了自己的意志，葬身在热闹生活中去忘记我内心的痛苦。又因为我娇慢的天性不允许我吐露真情，于是直着脖子在人面前唱戏似的唱着，绝对不肯让一个人知道我是一个失意者，是一个不快乐的人。这样的生活一直到无意间认识了志摩，叫他那双放射神辉的眼睛照彻了我内心的肺腑，认明了我的隐痛，更用真挚的感情劝我不要再在骗人欺己中偷活，不要自己毁灭前程，他那种倾心相向的真情，才使我的生活转换了方向，而同时也就跌入了恋爱了。于是烦恼与痛苦，也跟着一起来。

为了家庭和社会都不谅解我和志摩的爱，经过几度的商酌，便决定让摩离开我到欧洲去作一个短时间的旅行；希望在这分离的期间，能从此忘却我——把这一段因缘暂时的告一个段落。这一种办法，当然是不得已的，所以我们虽然大家分别时讲好不通音信，终于我们都没有实行（他到欧洲去后寄来的信，一部分收在这部书里），他临去时又要求我写一本当信写的日记，让他回国后看看我生活和思想的经过情形，我送了他上车后回到家里，我就遵命地开始写作了。这几个月里的离情是痛在心头，恨在脑底的。究竟血肉之体敌不过日夜的摧残，所以不久我就病倒了。在我的日记的最后几天里，我是自认失败了，预备跟着命运去飘〔漂〕流，随着别人去支配；可是一到他回来，他伟大的人格又把我逃避的计划全部打破。

于是我们发见〔现〕“幸福还不是不可能的”。可是那时的环境，还不容许我们随便的谈话，所以摩就开始写他的“爱眉小札”，每天写好了就当信般的拿给我看，但是没有几天，为了母亲的关系，我又不得不到南方来了。在上海的几天我也碰到过摩几次，可惜连一次畅谈的机会都没有。这时期摩的苦闷是在意料之中的，读者看到“爱眉小札”的末几页，也要和他同感罢？

我在上海住了不久，我的计划居然在一个很好的机会中完全实现，我离了婚就到北京来寻摩，但是一时竟找不到他。直到有一天在晨报副刊上看到他发表的《迎上前去》的文章，我才知道他做事的地方。而这篇文章中的忧郁悲愤，更使我看了迫不及待地去找他，要告诉他我恢复自由的好消息。那时他才明白了我，我也明白了他，我们不禁相视而笑了。

以后日子中我们的快乐就别提了，我们从此走入了天国，踏进了乐园。一年后在北京结婚，一同回到家乡，度了几个月神仙般的生活。过了不久因为兵灾搬到上海来，在上海受了几月的煎熬我就染上一身病；后来的几年中就无日不同药炉作伴，连摩也得不着半点的安慰，至今想来我是最对他不起的。好容易经过各种的医治，我才有了复原的希望，正预备全家再搬回北平重新造起一座乐园时，他就不幸出了意外的遭劫，乘着清风飞到云雾里去了。这一下完了他——也完了我。

写到这儿，我不觉要向上天质问为甚么我这一生是应该受这样的处罚的？是我犯了罪么？何以老天只薄我一个人呢？我们既然在那样困苦中争斗了出来，又为甚么半途里转入了这样悲惨的结果呢？生离死别，幸喜我都尝着了。在日记中我尝过了生离的况味，那时我就疑惑死别不知更苦不？好！现在算是完备了。甜，酸，苦，辣，我都尝全了，也可算不枉这一世了。到如今我还有甚么可留恋的呢？不死还等甚么？这话是我现在常在我心头转的。不过有时我偏不信，我不信一死就能解除一切，我倒要等着再看老天还有甚么更惨的事来加罚在我的身上！

完了，完了，一切都完了，现在还说甚么？还想甚么？要是事情转了方面，我变他，他变了我，那时也许读者能多读得些好的文章，多看到几首美丽的诗，我相信他的笔一定能写得比他心里所受的更沉痛些。只可惜现在偏留下了我，虽然手里一样拿着一支笔，它却再也写不出我回肠里是怎样的惨痛，心坎里是怎样的碎裂。空拿着它落泪，也急不出半分的话来。只觉得心里隐隐的生痛，手里阵阵的发颤。反正我现在所受的，只有我自己知道就是了。

最后几句话我要说的，就是要请读者原谅我那一本不成器的日记，实在是难以同摩放在一起出版的（因为我写的时候是绝对不预备出版的）。可是因为遵守他的遗志起见，也不能再顾到我的出丑了。好在人人知道我是不会写文章的，所留下的那几个字，也无非是我一时的感想而已，想着甚么就写甚么，大半都是事实，就这一点也许还可以换得一点原谅，不然我简直要羞死了。

1938年，陆小曼与翁瑞午正式同居。之后的几年，她依然潜心整理编选徐志摩作品。本文写于1939年9月。

随着日子往前走

实在不是我不写，更不是我不爱写：我心里实在是想写得不得了。自从你提起了写东西，我两年来死灰色的心灵里又好像闪出了一点儿光芒，手也不觉有点儿发痒，所以前天很坚决的答应了你两天内一定挤出一点东西。谁知道昨天勇气十足的爬上写字台，摆出了十二分的架子，好像一口气就可以写完我心里要写的一切。说也可笑，才起了一个头就有点儿不自在了：眼睛看在白纸上好像每个字都在那儿跳跃。我还以为是病后力弱眼花。不管它，还是往下写！再过一忽儿，就大不成样了：头晕，手抖，足软，心跳，一切的毛病像潮水似的都涌上来了，不要说再往下写，就是再坐一分钟都办不到。在这个时候，我只得掷笔而起，立刻爬上了床，先闭了眼静养半刻再说。

虽然眼睛是闭了，可是我的思潮像水波一般的在内心起伏，也不知道是怨，是恨，是痛，我只觉得一阵阵的酸味往我脑门里冲。

我真的变成了一个废物么？我真就从此完了么？本来这三年来

病鬼缠得我求死不能，求生无味；我只能一切都不想，一切都不管，脑子里永远让他空洞洞的不存一点东西，不要说是思想一点都没有，连过的日子都不知道是几月几日，每天只是随着日子往前走，饿了就吃，睡够了就爬起来。灵魂本来是早就麻木的了，这三年来是更成死灰了。可是希望回复康健是我每天在那儿祷颂着的。所以我甚么都不做，连画都不敢动笔。一直到今年的春天，我才觉得有一点儿生气，一切都比以前好得多。在这个时候正碰到你来要我写点东西，我便很高兴的答应了你。谁知道一句话才出口不到半月，就又变了腔，说不出的小毛病又时常出现。真恨人，小毛病还不算，又来了一次大毛病，一直到今天病得我只剩下了一层皮一把骨头。我身心所受的痛苦不用说，而屡次失信于你的杂志却更使我说不出的不安。所以我今天睡在床上也只好勉力的给你写这几个字。人生最难堪的是心里要做而力量做不到的事情，尤其是我平时的脾气最不喜欢失信。我觉得答应了人家而不做是最难受的。

不过我想现在病是走了，就只人太瘦弱，所以一切没有精力。可是我想再休养一些时候一定可以复原了。到那时，我一定好好的为你写一点东西。虽然我写的不成文章，也不能算诗（前晚我还作了一首呢），可是它至少可以一泄我几年来心里的苦闷。现在虽然是精力不让我写，一半也由于我懒得动，因为一提笔，至少也要使我脑子里多加一层痛苦：手写就得脑子动，脑子一动一切的思潮就会起来，于是心灵上就有了知觉。我想还不如我现在似的老是食而不知其味的过日子好，你说是不是？

虽然躺着，还有点儿不得劲儿：好，等下次再写。

该文为陆小曼写于1939年10月，文中一如既往地表达了对徐志摩的怀念，令人动容。

中秋夜感

并不是我一提笔就离不了志摩，就是手里的笔也不等我想就先抢着往下溜了；尤其是在这秋夜！窗外秋风卷着落叶，沙沙的幽声打入我的耳朵，更使我忘不了月夜的回忆，眼前的寂寥。本来是他带我认识了笔的神秘，使我感觉到这一支笔的确是人的一个惟一的良伴：它可以发泄你满腹的忧怨，又可以将不能说的不能告人的话诉给纸笔，吐一口胸中的积闷。所以古人常说不穷做不出好诗，不怨写不出好文。的确，回味这两句话，不知有多少深意。我没有遇见摩的时候，我是一点也不知道走这条路，怨恨的时候只知道拿了一支香烟在满屋子转，再不然就蒙着被头暗自饮泣。自从他教我写日记，我才知道这支笔可以代表一切，从此我有了吐气的法子了。可是近来的几年，我反而不敢亲近这支笔，怕的是又要使神经有灵性，脑子里有感想。岁数一年年的长，人生的一切也一年年的看得多，可是越看越糊涂。这幻妙的人生真使人难说难看，所以简直的给它一个不想不看最好。

前天看摩的《自剖》，真有趣！只有他想得出这样离奇的写法，还可以将自己剖得清清楚楚。虽然我也想同样的剖一剖自己，可是苦于无枝无杆可剖了。连我自己都说不出我究竟是怎样的一个人。我只觉得留着的不过是有形无实的一个躯壳而已。活着不过是多享受一天天物质上的应得，多看一点新奇古怪的戏闻。我只觉人生的可怕，简直今天不知道明天又有甚么变化；过一天好像是检〔捡〕着一天似的，谁又能预料那〔哪〕一天是最后的一天呢？生与死的距离是更短在咫只了！只要看志摩！他不是已经死了快十年了么？在这几年中，我敢说他的影像一天天在人们的脑中模糊起来了；再过上几年不是完全消灭了么？谁不是一样？我们溜到人世间也不过是打一转儿，转得好与歹的不同而已，除了几个留下著作的也许还可以多让人们纪念几年，其余的还不是同镜中的幻影一样？所以我有时候自己老是呆想：也许志摩没有死。生离与死别时候的影像在谁都是永远切记在心头的；在那生与死交迫的时候是会有不同的可怕的样子，使人难拾〔舍〕难忘的。可是他的死来得太奇特，太匆忙！那最后的一忽儿会一个人都没有看见；不要说我，怕也有别人会同样的不相信的。所以我老以为他还是在一个没有人迹的地方等着呢！也许会有他再出来的一天的。他现在停留的地方虽然我们看不见，可是我一定想〔相〕信也是跟我们现在所处的一样，又是一个世界而已；那一面的样子，虽然常有离奇的说法，异样的想象，只可恨没有人能前往游历一次，而带一点新奇的事情回来。不过一样事情我可以断定，志摩虽然说离了躯壳，他的灵魂是永远不会消灭的。我知道他一定时常在我们身旁打转，看着我们还是在这儿做梦似的混，暗笑我们的痴呆呢！不然在这样明亮的中秋月下，他不知道又要给我们多少好的诗料呢！

说到诗，我不发牢骚，实在是不忍不说。自从他走后这几年来我最注意到而使我失望的就是他所最爱的诗好像一天天的在那儿消灭了，作诗的人们好像没有他在时那样热闹了。也许是他一走带去了人们不少的诗意；更可以说提起作诗就免不了使人怀念他的本人，增加无限离情，就像我似的一提笔就更感到死别的惨痛。不过我也不敢说一定，或许是我看见得少，尤其是在目前枯槁的海边上，更不容易产出甚么新进的诗人。可是这种感觉不仅属于我个人，有几个朋友也有这同样的论调。这实在是一件可憾的事情！他若是在也要感觉到痛心的。所以那天我睡不着的时候，来回的想：走的，我当然没有法子拉回来；可是无论如何我一定要想法子引起诗人们的诗兴才好；不然志摩的灵魂一定也要在那儿着急的，只要看他在的时候，每一次见着一首好诗，他是多么高兴的唱读；有天才的，他是怎样的引导着他们走进诗门；要是有一次发见〔现〕一个新的诗人，他一定跳跃得连饭都可以少吃一顿。他一生所爱的惟有诗，他常叫我做，劝我学。“只要你随便写，其余的都留着我来改。那〔哪〕一个初学者不是大胆的涂？谁又能一写就成了绝句？只要随时随地，见着甚么而有所感，就立刻写下来，不就慢慢的会了？”这几句话是我三天两头儿听见的。虽然他起足了劲儿，可是我始终没有学过一次，这也使他灰心的。现在我想着他的话，好像见着他那活跃的样子，而同时又觉得新出品又那样少，所以我也大胆的来诌两句。说实话，这也不能算是诗，更不成甚么格；教我的人，虽然我敢说离着我不远，可是我听不到他的教导，更不用说与我改削了，只能算一时所感觉着的随便写了下来就是。我不是要臭美，我只想抛砖引玉：也许有人见到我的苦心，不想写的也不忍不写两句，以慰多年见不到的老诗人，至少让他的灵魂也再快乐一次。不然像我那样的诗不要说没有发表的可能性，简直包花生米都嫌它不够格儿呢！

而《秋叶》就是在实行我那想头的第一首。

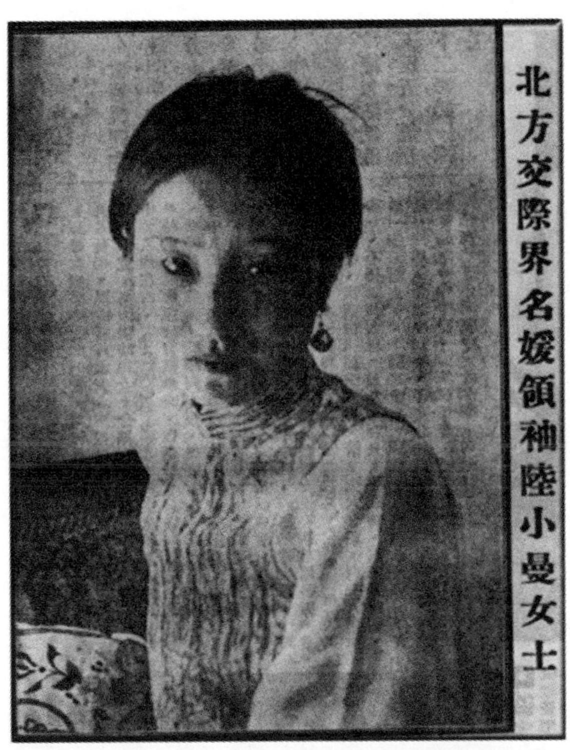

1927年7月15日《上海画报》所刊陆小曼正面照

徐志摩去世后，陆小曼除了“遗文编就答君心”，整理徐志摩全集之外，便是潜心修画。1941年，陆小曼在大新公司（今上海第一百货商店）楼上开个人画展，展出作品有100多幅。本文创作于画展举办前的1940年8月。

泰戈尔在我家

谁都想不到今年泰戈尔先生的八十大庆倒由我来提笔庆祝。人事的变迁太幻妙得怕人了。若是今天有了志摩，一定是他第一个高兴。只要看十年前老头儿七十岁的那一年，他在几个月前就坐立不安思念着怎样去庆祝，怎样才能使老头满意，所以他一定要亲自到印度去，而同时环境又使他不能离开上海，直急得搔头抓耳连笔都懒得动；一直到去的问题解决了，才慢慢的安静下来，后来费了几个月的工夫，才从欧洲一直转到印度，见到老头的本人，才算了足心愿。归后他还说，这次总算称了我的心；等他八十岁的时候，请老人家来上海才好玩呢！谁知一个青年人倒先走在老人的前头去了。

本来我同泰戈尔是很生疏的，他第一次来中国的时候，我还未曾遇见志摩；虽然后来志摩同我认识之后，第一次出国的时候，就同我说此去见着泰戈尔一定要介绍给你，还叫我送一张照片给他；可是我脑子里一点感想都没有。一直到去了见着老人之后，寄来一张字条，是老人的亲笔；当然除了夸赞几句别无他话，而在志摩心里所说的话，却使我对这位老人发生了奇怪的感想。他说老人家见了我们的像〔相〕片之后，就将我的为人，皮〔脾〕气，性情都说了一个清清楚楚，好像已见着我的人一样；志摩对于这一点尤其使他钦佩得五体投地，恨不能立刻叫我去见他老人家。同时他还叫志摩告诉我，一二年后，他一定要亲自来我家，希望能够看见我，叫我早一点预备。自从那时起，我心里才觉得老人家真是一个奇人，文学家而同时又会看相！也许印度人都能一点幻术的罢。我同志摩结婚后不久，他老人家忽然来了一个电报，说一个月后就要来上海，并且预备在我家下榻。好！这一下可忙坏了我们了；俩〔两〕个人不知道怎么办才对。房子又小；穷书生的家里当然没有富丽堂皇的家俱〔具〕，东看看也不合意，西看看也不称心，简单的楼上楼下也寻不出一间可以给他住的屋子。回绝他，又怕伤了他的美意；接受他，又没有地方安排。一个礼拜过去还是一样都没有预备，只是两个人相对发愁。正在这个时候，电报又来了，第二天的下午船就到上海。这一下可真抓了瞎了，一共三间半屋子，又怕他带的人多，不够住，一时搬家也来不及，结果只好硬着头皮去接了再说。一到码头，船已经到了。我们只见码头上站满了人，五颜六色的人头，在阳光下耀得我眼睛都觉得发花！我奇怪得直叫起来：怎么今天这儿尽是印度阿三呀！他们来开会么？志摩说："你真糊涂，这不是来接老人家的么？"我这才明白过来，心里不由的暗中发笑，志摩怎么喜欢同印度人交朋友。我心里一向钦佩之心到这时候竟有一点儿不舒服起来，因为我平时最怕看见的是马路上的红头阿三，今天偏要叫我看见这许多的奇形怪状的人，绿沉沉的眼珠子，一个个对着我们俩〔两〕个人直看，看得我躲在志摩的身边连动也不敢动。那时除了害怕，别的一切都忘怀了，连来做甚么的都有点糊涂。一直到挤进了人丛，来到船板上，我才喘过一口气来，好像大梦初醒似的，经过船主的招呼，才知道老人家的房间。志摩是高兴得连跑带跳的一直往前走，简直连身后的我都忘了似的，一直往一间小屋子就钻，我也只好悄悄的跟在后边；一直走进一间小房间，我才看见他正在同一个满头白发老人握手亲近，我才知道那一定就是他一生最崇拜的老诗人。留心上下的细看，同时心里感着一阵奇特的意味，第一感觉的，就是怎么这个印度人生得一点也不可怕？满脸一点也不带有普通印度人所有的凶恶的目光，脸色也不觉得奇黑，说话的音调更带有一种不可言喻的美，低低的好似出谷的黄莺，在那儿婉转娇啼，笑迷迷的对着我直看。我那时站在那儿好像失掉了知觉，连志摩在旁边给我介绍的话都听不见，也不上前，也不退后，只是直着眼对他看；连志摩在家中教好我的话都忘记说，还是老头儿看出我反常的情形，慢慢的握着我的手细声低气的向我说话。在船里我们就谈了半天，老头儿对我格外的亲近，他一点也没有骄人的气态，我告诉他我家里实在小得不能见人，他反说他愈小愈喜欢，不然他们同胞有得是高厅大厦请他去住，他反要到我家里去吗？这一下倒使我不能再存丝毫客气的心，只能遵命陪他回到我们的破家。他一看很满意，我们特别为他预备的一间小印度房间他反不要，倒要我们让他睡我们俩人睡的破床。他看上了我们那顶有红帐子的床，他说他爱它的异乡风味。他们的起居也同我们一样，并没有欧美人特别好洁的样子，甚么都很随便。只是早晨起得特别早，五时一定起身了，害得我也不得安睡。他一住一个星期，倒叫我见识不少，每次印度同胞请吃饭，他一定要带我们同去，从未吃过的印度饭，也算吃过几次了，印度的阔人家里也去过了，真有许多不同的地方。同时还要在老头儿休息的时候，陪他带来的书记去玩；那时情况真是说不出的愉快，志摩是更乐得忘其所以，一天到夜跟着老头子转。虽然住的时间不长，可是我们三人的感情因此而更加亲热了。这个时候志摩才答应他到八十岁的那年一定亲去祝寿。谁知道志摩就在去的第二年遭难。老头子这时候听到这种霹雳似的恶信，一定不知怎样痛惜的罢。本来也难怪志摩对他老人家特别的敬爱，他对志摩的亲挚也是异乎平常，不用说别的，一年到头的信是不断的。只可惜那许多难以得着的信，都叫我在摩故后全部遗失了，现在想起来也还痛惜！因为自得恶〔噩〕耗后，我是一直在迷雾中过日子，一切身外之物连问都不问，不然今天我倒可以拿出不少的纪念品来，现在所存的，就是附印在这里泰戈尔为我们两人所作的一首小诗[①]和那幅名贵的自画像[②]而已。

---

① 1929年的3月，泰戈尔二次访华，入住陆小曼家三天。临别前，泰戈尔用孟加拉语写了一首赠诗：亲爱的，我羁留旅途，光阴枉掷，樱花已凋零，喜的是遍野的映山红，显现你慰藉的笑容。——编者注

② 指泰戈尔为徐志摩夫妇留下的远看像山、近看像老者的自画像，并附诗一首云：“山峰盼望他能变成一只小鸟，放下他那沉默的重担。”——编者注

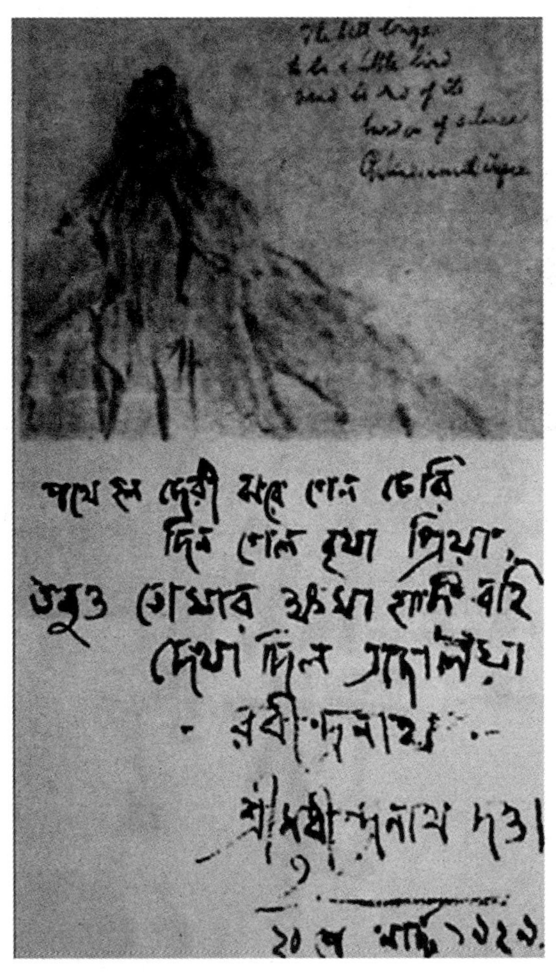

泰戈尔手稿

陆小曼画作，徐志摩与泰戈尔在幽静的树林中谈论文学

《志摩日记》由陆小曼编辑，除徐志摩日记外，书中还收入了不少当时名人的手迹与照片，以及一批名流，如胡适、蔡元培、闻一多、泰戈尔等为二人所作的诗画，诗与字画总题为“一本没有颜色的书”。该文是陆小曼为1947年3月晨光版《志摩日记》所作序文。

《志摩日记》序

飞一般的日子又带走了整整的十个年头儿，志摩也变了五十岁的人了。若是他还在的话，我敢说十年决老不了他——他还是会一样的孩子气，一样的天真，就是样子也不会变。可是在我们，这十年中所经历的，实在是混乱惨酷得使人难以忘怀，一切都变得太两样了，活的受到苦难损失，却不去说它，连死的都连带着遭到了不幸。《志摩全集》的出版计划，也因此搁到今天还不见影踪。

十年前当我同家璧一起在收集他的文稿准备编印“全集”时，有一次我在梦中好像见到他，他便叫我不要太高兴，“全集”决不是像你想象般容易出版的，不等九年十年决不会实现。我醒后，真不信他的话，我屈指算来，“全集”一定会在几个月内出书，谁知后来固然受到了意想不到的打击。一年一年的过去，到今年整整的十年了，他倒五十了，“全集”还是没有影儿，叫我说甚么？怪谁，怨谁？

“全集”既没有出版，惟一的那本《爱眉小札》也因为“良友”的停业而绝了版，志摩的书在市上简直无法见到，我怕再过几年人们快将他忘掉了。这次晨光出版公司成立，愿意出版志摩的著作，于是我把已自“良友”按约收回的《爱眉小札》的版权和纸型交给他们，另外拿了志摩的两本未发表的日记和朋友们写给他的一本纪念册，一起编成这部《志摩日记》，虽然内容很琐碎，但是当作纪念志摩五十诞辰而出版这本集子，也至少能让人们的脑子里再涌起他的一个影子罢！（《爱眉小札》是纪念他的四十诞辰而版的。）

这本日记的排列次序是以时间为先后的。《西湖记》最早，那时恐怕我还没有认识他；《爱眉小札》是写我们两个人间未结婚前的一段故事；《眉轩琐语》是他在我们婚后拉笔乱写的，也可以算是杂记；这一类东西，当时写得很多，可是随写随丢，遗失了不知多少，今天想起，后悔莫及。其他日记倒还有几本，可惜不在我处，别人不肯拿出来，我也没有办法，不然倒可以比这几本精彩得多。“一本没有颜色的书”是他的一本纪念册，是许多朋友写给他和我的许多诗文图书，他一直认为最宝贵，最欢喜的几页，尤其是泰戈尔来申时住在我家写的那两页，也制版放在一起凑一个热闹。我的一本原本放在《爱眉小札》后面的日记，这次还是放在最后，作个附录。

此后，我要把他两次出国时写给我的信，好好整理一下，把英文的译成中文，编成一部小说式的书信集，大约不久可以出版。其他小说、散文、诗等等，我也将为他整理编辑，一本一本的给他出版，我觉得我不能再迟延、再等待了。志摩文字的那种风格、情调，和他的诗，我这十几年来没有看见有人接续下去，尤其是新诗，好像从他走了以后，一直没有生气似的，以前写的已不常写，后来的也不多见了，我担心着，他的一路写作从此就完了吗？

我决心要把志摩的书印出来，让更多的人记住他，认识他，这本“日记”的出版是我工作的开始。我的健康今年也是一个转变年，从此我不是一个半死半活的人，我已经脱离了二十多年来锁着我的铁链，我不再是个无尽无期的俘虏，以后我可以不必终年陪伴药炉，可以有精力做一点事情。我预备慢慢的拿志摩的东西出齐了，然后写一本我们两人的传记。只要我能够完成上述的志愿，那我一切都满意了。

三十六年二月

《志摩日记》封面

1925年8月，陆小曼拜刘海粟为师学画，这使她的国画画艺有了大幅度的提高。本文为陆小曼写于1947年6月21的刘海粟画展前夕。

牡丹与绿叶

望眼欲穿的刘大师画展在廿一日可以实现了，这是我们值得欣赏的一个画展。中国的画家能在同时中西画都画得好，只有刘大师一个了。他开始是只偏重西画，他的西画不但是中国人所共赏，在欧洲也博得不少西洋画家的钦佩。我记得当年志摩还写过一篇很长的文章，讲欧洲画家们怎样认识与赞美大师的画呢！后来他回国后又尽心研究中国画，他私人收集了不少有名的古画，件件都精品。因为他有天赋的聪明，所以不久他就深得其中奥秘；画出来的画又古雅又浑厚，气魄逼人，自有一种说不出的伟大的味儿。我是一个后学，我不敢随便批评，乱讲好坏，好在自有公论。

我只感觉到一点，就是我们大师的为人，实在是在画家之中不可多得的人才；他不仅是关着门在家里死画，他同时还有外交家与政治家的才能，他对外能做人所不敢做的，能讲人所不敢讲的。就像在南洋群岛失守时，日本人寻着他的时候，他能用很镇静的态度来对付，用他的口才战胜，讲得日本人不敢拿他随便安排。他在静默之中显出强健，绝不软化，所以后来日本人反而对他尊敬低头。在没有办法之中只好很客气的拿飞机送他回上海，这种态度是真值得令人钦佩的。

还有他做起事来不怕困难，不惧外来的打击，他要做就非做成不可，具有伟大的创造性。为艺术他不惜任何牺牲，像美专能有今日的成就，他不知道费了多少精神与金钱；有时还要忍受外界的非议，可是他一切都能不顾，不问，始终坚决的用他那一贯的作风来做到底，所以才有今天的成功。

最近他对国画进步得更惊人，这次的画展一定有许多意想不到的好画，同时还有他太太的作品！这是最难得的事情，她虽然是久居在南洋，受过高深的西学，可是她对中国的国学是一直爱好的；尤其写字，她每天早晨一定要写几篇字后，才做别的事情。所以她的字写得很有功夫，秀丽而古朴，又有男子气魄，真是不可多得的精品。有时海粟画了得意的好画再加上太太一篇长题，真是牡丹与绿叶更显得精彩。我是不敢多讲，不过听得他夫妇有此盛事，所以胡乱的涂几句来预祝他们，并告海上爱好艺术的同志们，不要错过了机会！

1956年，53岁的陆小曼在上海市长陈毅的安排下，进入上海文史馆做馆员，生活也因此有了保障。1958年，陆小曼成为上海中国画院专业画师。本文为陆小曼于1957年创作于上海，文中第一段和最后两段是根据陆小曼手稿所添加，最初发表时并没有收入。

泰戈尔在我家作客——兼忆志摩

“回忆”！这两个字早就在我脑子里失去了意义，□年前，我就将“回忆”丢在九霄云外去了！我不想回忆，不要回忆，不管以前所遭遇到的是甚么味儿，甜的也好，悲的也好，乐的也好，早就跟着志摩一块儿消失了，我脑子里早就甚么都没有，只有一片空虚。甚么是喜，甚么是悲，我都感觉不清楚，我已是一个失去灵魂的木头人了。我一直是闭门家中坐，每天消磨在烟云围绕的病魔中。日历对我是一点用处都没有的，我从来也不看看今天是几号或是礼拜几，对我是任何一个日子都是一样的，天亮而睡，月上初醒，白天黑夜跟我也是一点关系也没有，我只迷迷糊糊的随着日子向前去，决不回头。想一想，二十几年来，一直是如此的。最近从子叫我为《文艺〔汇〕月刊》写一篇回忆志摩的小文，这一下不由我又从麻醉了多年的脑子里来找寻一点旧事，我倒不是想不起来，我是怕想！想起来就要神经不定，卧睡不宁，过去的愉快就是今日的悲哀。他的一举一动又要活跃在我眼前，我真不知从何说起！

志摩是个对朋友最热情的人，所以他的朋友很多，我家是常常座上客满的，连外国朋友都跟他亲善，如英国的哈代、狄更生、迦耐脱。尤其是我们那位印度的老诗人泰戈尔（Rabindranath Tagore，1861—1941）同他的感情更为深厚。从泰戈尔初次来华，他们就订下了深交（那时我同志摩还不相识）。老头子的讲演都是志摩翻译的，并且还翻了许多诗。在北京他们是怎样在一块儿盘桓，我不大清楚。后来老诗人走后不久，我同志摩认识了，可是因为环境的关系，使我们不能继续交往，所以他又一次出国去。他去的目的就是想去看看老诗人，诉一诉他心里累积的愁闷，准备见着时就将我们的情形告诉他。后来因为我患重病，把志摩从欧洲请了回来，没有见到。但当老诗人听到了我们两人的情况，非常赞成，立刻劝他继续为恋爱奋斗，不要气馁。我们结婚后，老诗人一直来信说要来看看我。事前他来信说，这次的拜访只是来看我们两人，他不要像上次在北京时那样大家都知道，到处去演讲。他要静悄悄的在家住几天，做一个朋友的私访。大家谈谈家常，亲亲热热的像一家人，愈随便愈好。虽然他是这样讲，可是志摩就大动脑筋了。对印度人的生活习惯，我是一点都不知道，叫我怎样招待？准备些甚么呢？志摩当然比我知道得多，他就动手将我们的三楼布置成一个印度式房间，里边一切都模仿印度的风格，费了许多心血。我看看倒是别有风趣，很觉好玩。忙了好些天，总算把他盼来了。

那天船到码头，他真的是简单得很，只带了一位秘书叫Chanda，是一个年轻小伙子，我们只好把他领到旅馆里去开了一个房间，因为那间印度式房间只可以住一个人。谁知这位老诗人对我们费了许多时间准备的房子倒并不喜欢，反而对我们的卧室有了好感。他说，“我爱这间饶有东方风味、古色古香的房间，让我睡在这一间罢！”真有趣！他是那样的自然，和蔼，一片慈爱的抚着我的头管我叫小孩子。他对我特别有好感，我也觉得他那一头长长的白发拂在两边，一对大眼睛晶光闪闪的含着无限的热忱对我看着，真使我感到一种说不出的温暖。他的声音又是那样好听，英语讲得婉转流利，我们三人常常谈到深夜不忍分开。

虽然我们相聚了只有短短两三天，可是在这个时间，我听到了许多不易听到的东西，尤其是对英语的进步是不可以计算了。他的生活很简单，睡得晚，起得早，不愿出去玩，爱坐下清谈，有时同志摩谈起诗来，可以谈几个钟头。他还常常把他的诗篇读给我听，那一种音调，虽不是朗诵，可是那低声的喃喃吟唱，更是动人，听得你好像连自己的人都走进了他的诗里边去了，可以忘记一切，忘记世界上还有我。那一种情景，真使人难以忘怀，至今想起还有些儿神往，比两个爱人喁喁情话的味儿还要好多呢！

在这几天中，志摩同我的全副精神都溶化在他一个人身上了。这也是我们婚后最快活的几天。泰戈尔对待我俩像自己的儿女一样的宠爱。有一次，他带我们去赴一个他们同乡人请他的晚餐，都是印度人。他介绍我们给他的乡亲们，却说是他的儿子媳妇，真有意思！在这点上可以看出他对志摩是多么喜爱。说到这儿，我又想起一件事不妨提一提，就是在一九四九年，我接到一封信，是泰戈尔的孙子写来的，他管我叫Cmtie，他在北大留学，研究中文，他说他寻了我许久，好不容易才寻到我的地方，他说他祖父已经死了，他要我给他几本志摩的诗、散文，他们的图书馆预备拿他〔它〕翻译成印度文。可巧那时我在生重病，家里人没有拿这封信给我看，一直到一九五〇年我才看到这封信，再去信北大，他已经离开了，从此失去联系。我是非常的抱恨，以后还想设法来寻（找）他。从这一点也可以证明泰戈尔的家里人都拿志摩当作他们自己人一样的关心，朋友的感情有时可以胜过亲生的骨肉，志摩这位寄父对他的爱护真比自己的父亲还要深厚得多。所以在泰戈尔离开我们到美国去的时代，他们二人都是十分的伤感，在码头上昂着头看到他老人家倚在甲板的栏杆上，对着我们噙着眼泪。挥手的时候，我的心一阵阵直□酸！恨不能抱着志摩痛哭一场！可是转脸看到我边儿上的摩，脸色更比我难看，苍白的脸，瘪着嘴，咬紧牙，含着满腔的热泪，不敢往下落，他也在强忍着呢！我再一哭，他更要忍不住了。离别的味儿我这才尝到。在归途中，志摩只是□着头一言不发，好几天都没有见着他那自然天真的笑容。过了一时，忽然接到老头子来信，说在美国受到了侮辱，所以预备立刻回到印度去了，看他的语气是非常之愤怒。志摩接到信，就急得坐立不安，恨不能立刻□到他的身旁。所以在他死前不久，他又到印度去过一次，这是他们最后一次的会面。他在印度的时候大受当地人们的欢迎，报上也时常有赞扬他的文章，同他自己写的诗歌，他还带回来给我看的呢！他在泰戈尔的家里住了没有多久，因为生活不大习惯，那儿的蛇和壁虎实在太多，睡在床上它们都会爬上来的，虽然不伤人，可是这种情□也并不好受，讲起来都有点儿余悸呢！他回来后老是闷闷不乐，对老头子的受辱的事是悲愤到极点，恨透美国人的蛮无情理，轻视诗人，同我一谈起就气得满脸飞红，凸出了大眼睛乱骂。我是不大看见志摩骂人的，因为他平时对任何人都是笑容满面一团和气的。谁若是心里有气，只要看到他那天真活泼的笑脸，再加上几句笑话，准保你的怒气立刻就会消失。可是那一个时期他是一直沉默寡言，我知道他心里有说不出的愤怒在煎熬着他呢！不久他遭母丧，他对他母亲的爱是比家里一切人要深厚，在丧中本来已经十二分的伤心了，再加上家庭中又起了纠纷，使他痛上加痛，每天晚上老是一声不响的在屋子里来回的转圈子，气得脸上铁青，一阵阵的胃气痛，这种情况至今想起还清清楚楚的在我眼前转。封建家庭的无情、无理，真是害死人，我也不愿意再细讲了。总而言之，志摩在死前的一年中，他的身心是一直沉湎在不愉快的环境中，他的内心有说不出的苦，所以他本来只预备在北大教一学期书，后来却决定在年假时，我也一同搬去，预备□居了。谁知道在十一月中，在他突然飞回来的那次就遇险了。

回忆！如果回忆起来，事情太多了。我虽然同他结合了没有多少年，可是其中悲欢离合的情形倒是不少！写几天几晚也写不完！我倒是想写，可是我不敢写，我没有这个毅力和勇气，一回想起来，我这久病的残躯和这已经受创伤的神经，更负担不起这种打击，平静的心中又涌起烦杂的念头，刺得我终夜不能合眼。我一直想给志摩写一个传，这是我的愿望，蜷伏在我脑子里好久了，最近我是极力的在设法恢复我的康健，以便更好的写点东西，然而荒了许久的笔已经生了锈，一定要好好的磨炼一番才能应用呢！这短短的一点只能算是记述一小段泰戈尔二次来华的小聚，以后等我精神稍觉回复，再多写一些往事罢。

1957年，上海

徐志摩遇难后，整理和编撰其所有诗文信件成了支撑陆小曼生活下去的精神支柱。《志摩全集》前后花费陆小曼二十多年心血。本文为陆小曼创作于1957年2月，记录了其编排《志摩全集》的过程。

遗文编就答君心——记《志摩全集》编排经过

我想不到在“百花齐放”的今天，会有一朵已经死了二十余年的“死花”再度复活，从枯萎中又放出它以往的灿烂光辉，让人们重见到那朵一直在怀念中的旧花的风姿。这不仅是我意想不到的，恐怕有许多人也想不到的，所以我拿起笔来写这篇文章的时候，连我自己都不知自己心中是甚么味儿，又是欢欣，又是愧恨。我高兴的是盼望了二十多年的事情，今天居然实现了。我首先要感谢共产党！若是没有毛主席提出了百花齐放、百家争鸣的方针，恐怕这朵被人们遗忘的异花，还是埋葬在泥土下呢！

这些年来，每天缠绕在我心头的，只是这件事。几次重病中，我老是希望快点好——我要活，我只是希望未死前能再看到他的作品出版，可以永远的在世界上流传下去。这是他一生的心血，他的灵魂，决不能让它永远泯灭！我怀着这个愿望活着，每天在盼望它的复活。今天居然达到了我的目的，在极度欢欣与感慰下，没有任何一个字可以代表我内心的狂欢。可是在欢欣中我还忘不了愧恨，恨我没有能力使它早一点复活。我没有好好的尽职，这是我心上永远不能忘记的遗憾。

照理来说，他已经去世了整整二十六年了，他的书早就该出的了，怎会一直拖延到今天呢？说来话长。在他遇难后，我一直病倒在床上有一年多。在这个时间，昏昏沉沉，甚么也没有想到。病好以后，赵家璧来同我商议出版全集的事，我当然是十分高兴，不过他的著作，除了已经出版的书籍，还有不少散留在各杂志及刊物上，需要到各方面去收集。这不是简单的事，幸而家璧帮助我收集，许多时候才算完全编好，一共是十本。当时我就与商务印书馆订了合同，一大包稿子全部交出。等到他们编排好，来信问我要不要自己校对的时候，我记得很清楚，抗战已经快要开始了。我又是卧病在床，他们接到我的回信后，就派人来同我接洽，我还是在病床上与他们接洽的罢！我答应病起后立刻就去馆看排样。可是没有几天，我在床上就听得炮弹在我的房顶上飞来飞去。“八一三”战争在上海开始了。

我那时倒不怕头上飞过的炮弹，我只是怕志摩的全集会不会因此而停止出版。那时上海的人们都是在极度紧张的情况下，一天天的过去，我又是在床一病三月多不能起身，我也只能干着急，一点办法也没有。一直到我病好，中国军队已从上海撤退。再去“商务”问信，他们已经预备迁走，一切都在纷乱的状态下，也谈不到出版书的问题了。他们只是答应我，一有安定的地方是会出的。我怀着一颗沉重的心回到家里，前途一片渺茫，志摩的全集初度投入了厄运，我的心情也从此浸入了忧怨中。除了与病魔为伴，就是成天在烟云中过着暗灰色的生活。一年年过去，从此与“商务”失去了联系。

好容易八年的岁月终算度过，胜利来到，我又一度的兴奋，心想这回一定有希望了。我等到他们迁回时，怀着希望，跑到商务印书馆去询问，几次的奔跑，好容易寻到一个熟人，才知道他们当时匆匆忙忙撤退的时候是先到香港，再转重庆。在抗战时候，忙着出版抗战刊物，所以就没有想到志摩的书，现在虽然迁回，可是以前的稿子，有许多连他们自己人都不知道在甚么地方。志摩的稿子，可能在香港，也可能在重庆，要查起来才能知道这一包稿子是否还存在。八九年来所盼望的只是得到这样一个回答，我走出“商务”的门口，连方向都摸不清楚了，自己要走到甚么地方去都不知道了；我说不出当时的情绪，我不知道想甚么好！我怨谁？我恨谁？我简直没有法子形容我那时的心情，我向谁去诉我心中的怨愤？在绝望中，我只好再存一线希望——就是希望将来还是能够找到他的原稿，因为若是全部遗失，我是再没有办法来收集了，因为我家里已经甚么也没有了。

那时我心里只是怕，怕他的作品从此全部遗失，可是我又有甚么办法呢？除了多次的催问，那些办事的人又是那样不负责任，你推我，我推你，有时我简直气得要发疯，恨不得打人。最后我知道朱经农当了“商务”的经理，我就去找他，他是志摩的老朋友。总算他尽了力，不久就给我一封信，说现在已经查出来，志摩的稿子并没有遗失，还在香港，他一定设法在短时期内去找回来。这一下我总算稍微得到一点安慰，事情还是有希望的，不过这时已经是胜利后的第三年了。我三年奔走的结果，算是得到了一个确定的答复。这时候，除了耐心的等待，只有再等待，催问也是没有用的。所以我平心静气的坐在家里老等——等——等。一月一月的过去还是没有消息，我也不知道为甚么这样的慢，我急在心里；他们慢，我又能甚么办法？

谁知道等来等去，书的消息没有，解放的消息倒来了。当然上海有一个时期的混乱，我这时候只有对着苍天苦笑！用不着说了，志摩的稿子是绝对不会再存在的了，一切都绝望了！我还能去问谁？连问的门都摸不着了。

一九五零年我又大病一场，在床上整整睡了一年多。在病中，我一想起志摩生前为新诗创作所费的心血，为了新文艺奋斗的努力，有时一直写到深夜，绞尽脑汁，要是得到一两句好的新诗，就高兴得像小孩子一样的立刻拿来我看，娓娓不倦的讲给我听，这种情形一幕幕的在我眼前飞舞，而现在他的全部精灵蓄积的稿子都不见了，恐怕从此以后，这世界不会再有他的作品出现了。想到这些，更增加我的病情，我消极到没法自解，可以说，从此变成了一个傻瓜，甚么思想也没有了。

呆头木脑的一直到一九五四年春天，在一片黑沉沉的云雾里又闪出了一缕光亮。我忽然接到北京“商务”来的一封信，说志摩全集稿子已经寻到了，因为不合时代性，所以暂时不能出版，只好同我取消合同，稿子可以送还我。这意想不到的收获使我高兴得一句话也说不出，心里不断的念着：还是共产党好，还是共产党好！我这一份感谢的诚意是衷心激发出来的。回想在抗战胜利后的四年中，我奔来奔去，费了许多力也没有得到一个答复，而现在不费一点力，就得到了全部的稿子同版型，只有共产党领导，事情才能办得这样认真，我知道，只要稿子还在，慢慢的一定会有出版机会。我相信共产党不会埋没任何一种有代表性的文艺作品的。一定还有希望的，这一回一定不会让我再失望的，我就再等待罢！

果然，今天我得到了诗选出版的消息！不但使我狂喜，志摩的灵魂一定更感快慰，从此他可以安心的长眠于地下了。诗集能出版，慢慢的散文、小说等，一定也可以一本本的出版了。本来嘛，像他那样的艺术结晶品是决不会永远被忽视的，只有时间的迟早而已。他的诗，可以说，很早就有了一种独特的风格，每一首诗里都含有活的灵感。他是一直在大自然里寻找他的理想的，他的本人就是一片天真浑厚，所以他写的时候也是拿他的理想美景放在诗里，因此他的诗句往往有一种天然韵味。有人说，他善〔擅〕写抒情诗，是的，那时他还年轻，从国外回来的时候，他是一直在寻求他理想的爱情，在失败时就写下了许多如怨如诉的诗篇；成功时又凑了些活泼天真、满纸愉快的新鲜句子，所以显得有不同的情调。

说起来，志摩真是一个不大幸运的青年，自从我认识他之后，我就没有看到他真正的快乐过多少时候。那时他不满现实，他也是一个爱国的青年，可是看到周围种种黑暗的情况（在他许多散文中可以看到他当时的性情），他就一切不问不闻，专心致志在爱情里面，他想在恋爱中寻找真正的快乐。说起来也怪惨的，他所寻找了许多时候的“理想的快乐”，也只不过像昙花一现，在短短的一个时期中就消灭了。这是时代和环境所造成的，我同他遭受了同样的命运。我们的理想快乐生活也只是在婚后实现了一个很短的时期，其间的因素，他从来不谈，我也从来不说，只有我们二人互相了解，其余是没有人能明白的。我记得很清楚，有时他在十分烦闷的情况下，常常同我谈起中外的成名诗人的遭遇。他认为诗人中间很少寻得出一个圆满快乐的人，有的甚至于一生不得志。他平生最崇拜英国的雪莱，尤其奇怪的是他一天到晚羡慕他覆舟的死况。他说：“我希望我将来能得到他那样刹那的解脱，让后世人谈起就寄与无限的同情与悲悯。”他的这种议论无形中给我一种对飞机的恐惧心，所以我一直不许他坐飞机，谁知道他终于还是瞒了我愉快的去坐飞机而丧失了生命。这真是一件不可思议的事。

今天的新诗坛又繁荣起来了，不由我又怀念志摩，他若是看到这种情形，不知道要快活得怎样呢！我相信他如果活到现在，一定又能创造一个新的风格来配合时代的需要，他一定又能大量的产生新作品。他的死不能不说是诗坛的大损失，这种遗憾是永远没法弥补的了。

想起就痛心，所以在他死后我就一直没有开心过，新诗我也不看□，不看杂志，好像在他死后有一个时期新诗的光芒也随着他的死减灭了许多似的，也许是我不留心外面的情形，可是，至少在我心里，新诗好像是随着志摩走了。一直到最近《诗刊》第一期□，我才知道近年来新诗十分繁荣，我细细的一首一句的拜读，我认识了许多新人，新的创作，新的□□，我真是太高兴了，志摩生前就无时无刻不为新诗的发展努力，他每次见到人家拿了一首新诗给他看，他总是喜气气的鼓励人家，请求人家多写，他恨不能每个人都跟着他写。他还老在我耳边烦不清楚，叫我写诗，他说："你做了个诗人的太太而不会写诗多笑话。"可是我□个笨货，老学不会。为此他还常生气，说我有意不肯好好的学。那时我若是知道他要早死，我也一定好好的学习，到今天我也许可以变为一个女诗人了。可是现在太晚了，后悔又有甚么用呢？

1957年2月，上海

本文于陆小曼手稿中发现，标题为编者所添。从内容上看，应是1957年卞之琳拟编《徐志摩诗选》时向陆小曼约稿时所写。

《徐志摩诗选》序

写诗真不是一件简单的事情，又要环境的□合，本身的思想同艺术水平，并不是随时随地的就能产生出来的。志摩写诗最多的时候，是在他初次留学回来，那时我同他还不相识，最初他是因为旧式婚姻的不满意，而环境又不允许他寻他理想的恋爱，在这个时期他是满腹的牢骚，百感杂生，每天彷徨在空虚中，所以在百无聊赖、无以自慰的情况下，他就拿一切的理想同愁怨都寄托在诗里面，因此写了不少好的诗。后来居然寻到了理想的对象，而又不能实现，在绝度失望下又产生了多种不同风格的诗，难怪古人说“穷而后工”，我想这个“穷”不一定是指着生活的贫穷，精神上的不快乐也就是脑子里的“穷”——这个“穷”会使得你思想不快乐，这种内心的苦闷，不能见人就诉说，只好拿笔来发泄自已心眼儿里所想说的话，这时就会有想不到的好句子写出来的。在我们没有结婚的时候，他也写了不少散文同诗歌，那几年中他的精神也受到了不少的波折。到〔倒〕是在我们婚后他比较写得少。在新婚的半年中我是住在他的家乡，这时候可以算得是达到我们的理想生活，可是说来可笑，反而连一句也写不出来了！这是为甚么呢？可见得太理想、太快乐的环境，对工作上也是不大合适的。我们那时从早到晚影形相随，一刻也难离开，不是携手漫游在东西俩〔两〕山上，就是陪着他的父母欢笑膝下，谈谈家常。有时在晚饭后回到房里，本来是肯定要他在书桌、灯下写东西，我在边上看看书陪着他的，可是写不到俩〔两〕三句，就又打破这静悄悄的环境，开始说笑了，也不知道哪里来的那许多说不尽、讲不完的话。就是这样一天天的飞过去，不到三个月就出了变化，他的家庭中，产生了意想不到的纠纷，同时江浙又起战争，不到俩〔两〕个月我们就只好离开家乡逃到举目无亲的上海来，从此我们的命运又浸入了颠簸，不如意事一再的加到我们身上，环境造成他不能安心的写东西，所以这个时候是一直没有甚么特〔突〕出的东西写出来。一直到他死的那年，比较好些，我们正预备再回到北京，创造一个理想的家庭时，他正〔整〕个儿的送到半空中去，永远云游在虚无缥缈中了。

今天诗集能够出版，真使我百感俱生，不知写了那〔哪〕一样好，随笔乱涂，想着甚么，就写甚么，总算从今以后，三十六年前脍炙人口的新诗人所放的一朵异花又可以永远的开下去了。

本文刊于1975年7月出版的《万象》香港版第一期，陆小曼具体创作时间不详。

谈文房四宝

清明的那天，可巧隔晚来了一阵狂风暴雨。天明的时候，玻璃窗上还沙沙的听到雪珠打转的声音，所以起身以后就觉得满身寒意，一点也不像一个明媚的春天，反倒阴沉沉的，增加了不少的伤感。

我本来预备到江湾去看看我父亲的坟墓是否安全？动身时可巧鍊霞来访，要我给《万象》写点东西。久别重见，更觉欢慰，拉了她同去江湾，看到了许多不容易见着的情形。我家的坟墓已是改变得连我自己也认不出来那〔哪〕一个是我父亲安卧的地方了。树木石碑全都不知去向，真叫我一点办法也没有，满腹的怨恨也不能流露出来，只好低着头一步步的往回走，路过一个私人的花园，鍊霞和同行者下车去踏青，我自愿独自坐在车里呆想。

在这种时期，一切都不由我，若是连自己父亲的尸骨都不能保全，叫我何以为情！虽然路边上满开着红花绿叶，带着春光的娇丽，我也没有心神去理会它们。

鍊霞等游毕归来，又带着许多不知名的花草，红的红得像秋天的枫叶一般，大大小小，塞满了一车子的花，连人坐的地方都让了花。说说笑笑，倒拿我的愁怀减去了一半，还算不虚此行。回家后，就想预备写一点东西，可是想来想去，实在写不出甚么。可巧钱君瘦铁那天在美国柏林夫人茶宴谈话座上，说了一段文房四宝的来源，倒觉得很有趣味。同时，鍊霞又叫我写一点关于美术文艺的东西，既有了现成的资料，我就借它来转述一下，同时我自己也作一些补充。

我们中国的文艺记载，大约比那〔哪〕一国都早，在上古时代还没笔墨纸砚的时候，就已经想出用绳子来打成结，代表每一个字。到了殷商的时候就更进一步，拿刀刻字在甲骨上，或者将字刻在竹片上面，再连串成册，做成像书籍一般，也可以像现在的书似的诵读。一直到东汉的时候，蔡伦想出法子，拿树皮、破布及鱼网，捣之成糊，再做成薄片，放在日光下晒干，这就开始有了纸。

至于墨的创造，也不知始于何人？最初是用漆写在竹简或木片上。到了魏晋的时候，才拿黍烧烟，加点松煤，做成糊，像墨汁似的。一直到唐朝初年，有高丽人贡来松烟墨，才学着做成锭状。唐初名画家吴道子，画过一幅《送子图》，图中有一仙女，坐于天帝之后，作磨墨之状，足见那时已有锭墨在普遍应用了。

到了宋朝熙宁年间，有一个张遇，拿油烟入麝，制成墨供给御用，就叫龙剂，那是有名的制墨家。此外，南唐有李廷珪，明有程君房、方于鲁等。直到现在，我们偶然买到一锭程君房的“玄玉”墨，没有不喜欢得比拾着一块金子还高兴，因为画起来它的墨色要比现在的新墨黑得多，所以画家没有一个不爱收藏古墨的。

《红楼梦》的作者曹雪芹之祖父曹寅，在清初是一位墨的著名监制人，他监制的墨名为“兰台精英”，我家曾有旧藏者一笏，背面上端有“康熙乙亥”字样，填金色。下分两行，是“织造臣曹寅监制”七字，填蓝色，俱做楷书阴识。我在童年时见过此墨，当时据家父见告：此墨是曹寅任江宁织造之时，委托程正路制以进贡的。清初制墨，年代不算太古老，但已珍若拱璧，轻易不肯示人。

可是对于笔就两样了！新的要比旧的好用得多。大约古时人对于笔没有十分研究，也许毛类的东西不能持久的缘故。最初的时代用刀、竹干或木干来代笔，一直到秦时蒙恬大将军才发明用木为管，鹿毛为柱，羊毛为被，制成笔形，一直流传到如今。

四样之中，我看砚石用途最次，发明也一定在笔墨之后。没有笔，根本用不着砚。汉代之前好像用的砚是凸底的，因为没有锭墨可研，不过拿笔蘸着墨汁，在凸面上调和而后才写字，大都用的是滑石。近年有人在杜陵掘得一砚，是洮湖石所制，还有款白，是汉宣帝所用，这可以证明砚石是始于汉代了。

制砚的能手中有一位女性，不可不记；她就是明末清初的著名琢砚工人顾道人之媳，顾圣之的妻子顾二娘。做过一任广东肇庆府四会县知县的黄莘田，曾请顾二娘琢了一批端溪石砚，手工非常精巧，黄乃作诗谢之曰：“一寸干将切紫泥，专诸门巷日初西。如何轧轧鸣机手，割遍端州十里溪。”黄莘田的一位诗友陈兆仑，看到了顾二娘所琢的端溪石砚后十分惊叹，也写了一首诗赞美她，句曰：“淡淡梨花黯黯香，芳名谁遣勒词场？明珠七字端溪吏，乐府千秋顾二娘。”从此诗看来，黄莘田似乎还曾为她写过传奇剧，所以才用得上“乐府”二字，惜已无从稽考；只知其后顾二娘病故，黄又作诗悼之曰：“古款遗凹积墨香，纤纤女子切干将。谁倾几滴梨花雨，一洒泉台顾二娘。”

琢砚人物中有这样一位女性，也算是我们妇女界的光荣。

陆小曼书房留影

据本文内容推断，应为陆小曼在1962年创作。

关于王赓

最近读到了沈醉先生在《文史资料选辑》第二十二期第八十页所写的《我所知道的戴笠》一文中有一段："在一二八[①]上海战争期间，便有一个旅长王赓和死去了的名诗人徐志摩的爱人陆小曼闹恋爱，陆当时为上海的红舞女，王追求陆挥金如土，最后因无钱可花，而带着地图去投日本人。"这一段写得与实际情况不符，所以我想将事实谈谈。

先谈一下王赓这个人。他是美国西点陆军大学毕业的，对军事学识有一定的修养，据说对于打炮尤特有研究。但是他的个性怪僻，身为武夫而又带着浓厚的文人脾气，所以和当时军界要人的人事关系相处得很不好，因此始终郁郁不得志。我十九岁时，在"父母之命"之下与他结了婚，但感情一直不好。沈醉先生那二篇文章所提的一二八事件的时候，我已经与王赓离婚了好多年，并且已与志摩结婚多年了。就是那一年里，志摩乘飞机在山东遇难的。我那

① 指1932年1月28日夜，日本向上海发起攻击，当时驻守上海的十九路军随即应战。

时正因病缠绵床第，在四明村卧病了好几个月，也没有去过礼查饭店。（因为那时外界也有谣传，说我避难在礼查饭店。）更谈不到甚么上海红舞女云云。至于一二八王赓那件事，据我所知是这样的：

王赓那时并不在正式部队里，而是应宋子文之请主持盐务缉私的军警事宜（是甚么名义，我已记不清楚了）。十九路军因为抗日的需要，尤其是因为缺乏良好的炮手，所以向宋子文把他借了过来的。在战斗期间，开炮是一直由他负责的。但是，当时由他指挥打向日本总司令部的炮，老是因为发生一点小差错而不能命中目标，他自己因此感到十分愤急，所以那天他是急匆匆地到美国驻沪领事馆去寻他在西点军校同班的一个美国同学——同是好炮手的那位朋友去研究一下。他那同学是一等参赞，名字我已记不清楚了，只记得就是那名闻全球的辛普森太太（Mrs. Simpsom）的丈夫。那天王赓为了去寻他，坐了一辆破旧的机器脚踏车。谁知道开到外白渡桥上，车子就坏了。他想反正下桥转弯就到了，就走过去罢！王赓平素非常粗心而且糊涂。其实那时美国领事馆早已搬家，原来的地址已经是一个日本的军事机关（甚么名字我也记不得了）了。王赓是一个深度近视眼的人，那天正在心不在焉地想着开炮的事情，等到一直走到门口才抬头，想问问那位同学是否在家，谁知道一抬头，看是个日本军在那儿站岗；他一惊慌，扭过头去就往回跑。那是正值天寒，他的军装外边加了一件丝棉袍子，跑起来飘动了下摆，就露出了里面的军装裤子；因此一跑反启日军的疑心，注意到他的军服，他们就立刻如临大敌，结队在后追捕。他一时无目标地乱跑，跑到了礼查饭店的厨房间，正在恳求那些外国厨子让他躲藏时，厨子不答应，一定要他立刻出去。正在争吵不休声中，日军就冲进来将他扭住。他当时就向日军声称，不用硬扭，走是一定跟着他们走，但是必须到左边的捕房中去转一转，因为当时租界上是不能随便逮捕人的，所以他们就一同到了虹口巡捕房。王赓的主要目的就是到了巡捕房就可以要捕房工作人员将他手里的公事皮包扣留下来；因为其中确有不少的要紧文件，不能落在日军手内的。因此，捕房内的中国人就答应将皮包代为保藏。外界流传的带了作战地图去投日本人这句话，就是因此而起。又加上在他被捕后没有几天，日军就在金山卫登陆，所以外边的流言是更加多了。事后不久就由美国领事馆向日军将他要了出来，由蒋介石加以监禁、审讯。由于各种的证明及虹口捕房的皮包等证件才算查清了这件案子，始予释放。

这件事是由王赓亲口告诉我母亲的（因为我母亲一直是同他感情很好的）。同时，我也听到官场中的亲友们来纷纷同我讲起。我认为这段经过情况是比较可靠的。

《小曼日记》是陆小曼前期散文的代表作。常见的《小曼日记》(出版本)是陆小曼根据当时的出版需求,调整并有所删减而成,时间跨度从1925年3月11日至7月11日,共计19篇。而《小曼日记》(稿本)指的是虞坤林先生于陆小曼手稿中发现的日记,且在陆小曼生前未曾发表过。日记时间跨度从1925年3月11日至1926年3月7日,共计58篇。相比出版本而言,稿本更加真实地记述了她的闺房之苦、思念之情以及她当时的一种生活状态。

《小曼日记》(稿本)

一九二五年三月十一日

我现在起始写一本日记,实在不能说是甚么日记,叫"一个可怜女子的冤诉"罢,我一向心里的忧闷,全放在腹内容它自懒〔烂〕,现在我不拟,为甚么不泄漏〔露〕在纸上,亦无人看见倒可已〔以〕稍微让心怀里松一松。

前天我送他[1]在上火车,送他远走他乡,我心里满不愿意地去送,我心里怎样难受又不能叫人知道,我们最后的几分钟还是四面站满了人,月光多〔都〕落在我们身上,仿忽〔佛〕我们不应当这

① 他,是指徐志摩。——编者注

样的亲密似的，我心里一阵阵的酸，回想起来亦分不出甚么味儿。眼看着车要开了，他的眼不住的向我看。呀，爱呀！我那〔哪〕里还敢看你呢？我知道你眼眶里亦一定满着无限的眼泪，难道你会真愿意抛弃你的爱而远走他乡？这种无可奈何的事情偏偏来的多。他泪中带着许多的话，我全明白，我只不敢看他，恐怕在这许多人前泄漏〔露〕了我的神圣恋爱。他，他还要来握我的手，咳，真好像一把刀在那里切我的心，我头亦不敢点，一直到车动了，他站在车边用手送吻给我们（给我一个人我知道的）。我才看一看就把头藏在梦绿[①]胸前了，并不是我十分怕那炮竹声，不过借此盖去我脸要哭出来的样子，车子甚么时候走完的我亦不知道，回头就走。在马车里他[②]还说："你的眼睛为甚么红红的？哭甚么？"咳！他明知我难受，还要成心来呕我，我倒亦不怪他，因为他，本来是木头人，懂甚么叫情呀。得，完啦，他走啦，无情的火车虎虎的带了他去了，我的爱！我现在才知道离别的苦趣〔凄〕呢。你去了到〔倒〕不要紧，我的心不过就丢了。我这孤单的心去向谁要那温存的安慰呀。我只能冷凄凄的等着罢！咳，天呀，我等，等到几时呀？亦许我等不到我的"那一天"便怎样呢！好危险呀，我得去撞、打，挪去那一切可恶的东西，我回家后收拾了一下他给我的东西，他的日

① 梦绿，指孙孟禄，中国政治学先驱张慰慈的夫人。——编者注

② 他，指王赓。——编者注

记同他心爱的信，我亦看了一遍，日记我没有敢看，恐怕没有甚么胆量，可惜这样一个纯白真实的爱，叫她生生壁〔逼〕了回来，看得好不生气，难道他亦因得女人的苦么？许多女人老说男人怎样的看不起她们，她们亦不想想自己有令人看得起的地方没有？我说不然女人亦有怀〔坏〕的，有种男人可以拿他嬉玩的，有一种（像他似的）难道亦叫人看不起么？那她还不如拿镜子先照照自己的脸罢。他还说他不敢侵犯她，她是个神女口，我简直不用谈这件事罢，我说起就发抖。

昨天一日在广济寺伴和尚们念经，家里在那里做佛事，我这几天的心里是难受到无可再可的地步了。再到庙里去，耳边一阵阵的风吹来的钟响，禅声，叽叽咕咕，好不凄惨。我老眼泪往往〔汪汪〕地同人家说话，娘直问我为甚么难受，我只能说"心里不高兴"，她是明白我的，两眼向我看看一言不发。到晚来殿里和尚们，那〔在〕那里放焰口，庭前石栏杆上被银月照得雪白，只见树枝映在地下，摇摇摆摆，同我心里一般的摆想着，里边出来的叫魂声同月光惨淡的颜色，使得我忘却身上的寒冷，独坐在杆上发愣。我那时心里真空，想想甚么事多无趣极点，做了个人本来已经无味极的！尤其遇着我这等的境遇，我既不能同我的恋爱同享那理想的娱快，过我一直切想的日子，我又为甚么不摒弃这万恶的社会，去过那和尚一般的生活呢？我心里觉得空极了，到〔倒〕亦没有十分的苦楚，因为随便甚么事看开些就不觉得有十分快活同苦楚的。我愣愣地独自背人坐在月下，糊〔胡〕思乱想被娘来叫醒了我。咳，见了她老人家，我心里不由地甚么丢开了，她年已半百，身体又非常的弱，不在这几年内尽我点孝心还等何时呢！我等着，耐着罢。

今天早晨他去天津了，我上了三点钟的课，先生给我许多功课，我得忙起来了。这两天，自从他走后，这世界好像又换一个似的，我到东到西多觉得没有意思，娘说“你有多大的心事终日咳声叹气的”，她们又那〔哪〕里知道我的心呢，我想他现在不知在何处，记〔计〕算起来是在哈尔滨？今天晚上我可舒服了，一个人，呀，好难得的机会呀，昨天从庙里回来人是乏极了，倒在床上心里隐痛同日开客头的[①]，一起涌上来。我心里叫着他，远在几千里路外的他。面上假意的笑对着近在咫尺的他，咳，我的天呀？再这样下去，怕我不长了罢，我真不起了，精神上，身体上，同时的受苦，又有谁能怜我爱我，明白我呢？淑华[②]今日来信，安慰我，我感激极了，她亦明白我了，今晚不写了，明日课毕就给他写信。

一九二五年三月十二日

今天足足忙了一天，早晨做了一篇法文，出去买了画具，饭后

① 原文如此。——编者注

② 指凌叔华，徐志摩与陆小曼的好友。——编者注

陈先生来教了半天，说我进步一定快。方才给他写了封信，情长纸短，写了九张亦没有写完。唐三伯母送来糖果等，又约我到寄妈家去，我已回复，她们多很生气，可是我亦管不得这许多了，梦绿亦叫我去，我亦回了。

饭后看了几张他的日记，又难受了一回，他拿她二人的照像合在起，我真不要看，说出来多可笑。

可叹我身〔生〕平是个最高傲的人，偏偏遇着这等环境，有气亦不能吐，有冤亦无处诉。我自从觉悟我没有得到我理想的期望，虽是心里难受，脸上从不愿意叫人看出，处处自己强自瞒着。

装出快活的样子，忍忍，忍到无可如何的田地，上次发生的事情亦是我一时性急，要想离开苦，不知事未成，到〔倒〕叫社会人误解了我的意思，可叹的狠，我真愈想愈无生意。我这两天灰心极了，在他身上亦不想有多大希望，他的心里的真爱多给了她了，我愈想愈不当来破入他那真情破网里。

他虽然失意，可是他的情仍未死，我为甚么去绕〔扰〕乱他。你，为了她成就了他的人才，造就了一个中国名人，亦许我来破坏他？嗳！不！不！我可不，我宁死不能害他。那天酒后满想吐出真情，同他远走他乡，可是他的前程，他的名誉惊醒我的妄想的梦，提醒了我的痴梦，我忍害他么？我这一世已经招了不少不白之冤，我难道连带着他么？我回想我所经过的事情，将来写本小说泄一泄我的冤气，不怕，我一定做，就是他不许我，亦得发表出来，我心里的话我多〔都〕敢写上去么？试试再说。

一九二五年三月十五日

可恨昨天才写了一回儿他[①]从天津回来了，一天忙得没有功夫，梦绿、适之[②]、慰慈[③]，多〔都〕来过，七点多钟才走。下午我又画一会儿画，以为他昨天不回来的，预备着晚上好好的写一写的，心里无限愁闷，想漏漏出来，那〔哪〕里知道连这点儿机会都难得。前儿晚上同淑华谈过天后，真叫我说不出的一种味儿闷在心里。他又远在他方，无从问起，总之愈过下去愈觉得我的前途茫茫，我此身正比在江心，四面无边的，我那种苦楚亦说不出来。他呢！他真爱我么？尊敬我么？我老怕人不敬重我，那是最使我伤心的。淑华说，当初你们多〔都〕看不起我的。咳，若是他曾经没有看得起我，现在我何必要他爱我呢？我真生气，况且他亦爱过她〔菲〕[④]的，人家多不受。得啦，我的心是最软软不过的。我虽怨，可是我偏可怜他，因为她们多太自傲，男人固然是多半无情的，那些厌喜无常的男人，是因〔应〕当玩玩他们，可是有的人（像他）

---

① 他，指王赓。——编者注

② 适之，指胡适。——编者注

③ 即张慰慈，中国政治学研究的先驱，北京大学最早的政治学教授。——编者注

④ 菲，即徽的谐音，下同。——编者注

还得受像她似的人的冷眼，那岂不是太不公平了么？那天淑华走后我倒床就笑，自己亦不知是甚么原因，我想他是大半，为甚么这一个礼拜过得这样慢呀！要这样的过下去，等得到那时间么？他给娘的那封信，看得我肝肠俱断，他那片诚心，不怕连日车上受的疲倦，深夜的还赶着那封信，不是他爱我是甚么？我知道他不定怎样的难受呢，可怜给我的信又不便多讲，实在到〔倒〕不要紧的。今天早起料到他有信来，因为晚间得一梦，说他来信啦，可被娘看见，我一吓就醒了。我但还一天睡到晚，在我的梦乡里，我多快活呀？他老在我身旁抚摩我，慰我，给我许多的梅花，又香又红又甜，往往醒了就哭，可是哭又有甚么用呢？他……他还是远远的一直往东，在那里走着。我么还是一个人，有时候没有机会是一个人，那时间真恨不能飞，飞到天空无人的地方去。我方才念他的信，心里一阵阵眼泪上来，难受咯？咳！我早知道他一定要觉得冷清的孤孤单单一个人在外头亦没有人管。如何，他最不留心是冷热，过〔果〕然又在车上着凉了，我真放心不下，不知道有甚么法子可以使得他自己当心点。他近日常常不舒服，我知道他心里不快活，所以身上亦觉得不爽，我真恨，我不敢在人前十分当心他，不是旁人又说闲话么？今天是礼拜，我有了应酬，非去不可的，若不去娘就生气，真没有办法。受庆[①]他现在出去吃饭了，怕他不久就

① 王赓，字受庆。——编者注

要回来，连个写信的机会都少，真可气。明天早晨须上学，功课还不会呢！她叫我啃狠长的文法，苦死了，我心又乱，念念书又想到他，他的脸常常跑到我的书上来，真奇怪，又〔有〕时还一阵阵的伤心，真想哭。她们后边的人又出来同我讲了一个多钟话，拿我的寸金光阴又耗费了，再等一忽儿他又要回来了，我的心亦没有机会来静静的写，我真恨死了。恨不能立刻就死，甚么事情我看着都不入眼，想他亦白想，咳，“我的哥哥！你快不要太想家罢，我希望你在外头不要过于难受，我亦觉得的”。淑华说，凡为夫妻的没有一个有真情的，要是爱，不如干干洁的作了精神的爱，一旦成为夫妻，往往爱的多要反为怨的，我想这话倒不错，不过这种话在小姐可以说，可以做，要既出嫁的人那就愈难办了，如不爱她的丈夫还得天天受他的〇〇[①]，那岂不是太苦了么？可是这种话对她们小姐是不便说的，她们亦未必懂。我曾记得从前亦有人同我说过，我到〔倒〕一点亦不懂夫妻的关系。咳，你一个人走不是太苦了么？咳，我简直不能想，想起来直要哭，我又不敢，怕人说我无故啼哭，天呀，我真希望她们能知道我的心。

我今天写了恐怕明天又无机会来写了，明天我很忙，早晨须读书，完后陪娘到医院，要到三点回家，又得去妹妹家，她骂我不去，我非去看她一次。晚上是法国人请客，真是说不出的苦，事情

① 原文如此。——编者注

都是我所不愿意而必须做的。

一九二五年三月十八日

你瞧，一下儿就连着三天没得机会来写，十六那一天本来答应妹妹去她家的，因为唐三太太的生日不能不去的，那天碰着寄妈，她说了许多话我听气极了，她说："我听说徐志摩爱你极了，他走的时间还给你留下二千块钱叫你念书呢，是么？"说的时候还带着似笑非笑轻薄人的样子，我虽然脸上没有露出气的样子，可是心里真是又痛又气，我就说："你不要瞎听人家造谣言，他为甚么要留钱给我呢？你亦不必瞎疑心"。咳，外头人的嘴可危险极了，难道他对人说过么？咳，百爱，我悔不该问你借那二百块钱的，要说呢亦不要紧，可是我心里难受极了，她们现在因恨我而骂我，不知道她们说到何等田地呢，我亦管不了这许多，不过我不愿人家亦拿他来说在里多[1]，害他做甚么呢？我一个人受罪我倒不怕，我处处总为他想，我又爱他，我又恨他，恨他为甚么不早来，我们为甚么不早遇，既然不幸在这时机相遇，为甚么又踏入那千年辞不开的网里去，可是早四年他那〔哪〕得会来爱我！不是我做梦么？我又那〔哪〕儿有她[2]那样的媚人阿〔啊〕？我从前不过是个乡下孩子罢

① 里多，即里面。——编者注

② 此处应指林徽因。——编者注

了，那〔哪〕儿就能动了他的心呢？得啦，我又来说些这个有甚么意思呀。这几天受庆亦不出门，可〔所〕以我简直没有时候写东西，看见他我就心烦，甚么事多不想做了，昨天又在新月社请了廿几个美国军官吃午饭，我真烦死了，我最恨的是同外国人吃饭，下午适之、梦绿、慰慈、奚若[①]、道宏都来吃饭，因为上午多了一桌菜，所以正正〔整整〕的忙了一天，到了晚上人散后我只得躺下了，连日身体被〔疲〕乏，又极力地应酬人家，正有点吃不住了。满身骨头痛了一个礼拜还不见好，不知是何道理。受庆还是照常的不能体谅我，我真恨呀，逐〔遂〕了他的所欲，他还以笑颜相待，不然见了他那冷霜似的脸，心里好似刀刺。一种是一天几分钟的罪，一种是一天到晚的。所以昨晚我又摇头闭眼谁〔随〕他去了，说他做甚呢，这次已经大面情了，因我病给我养，有四天了，不说罢。

淑华明天请我吃饭，有适之、歆海[②]、通伯[③]等，在她家。今天是受庆去开会去了，我方从娘那里回来，我今天没有上学，因我听弥又到北京了，我倒有点不敢独出去，倘若遇见他，他倒又来强我前去说话。——妨〔方〕看完他从海拉尔寄来的一首诗，咳，我难受极了，他，他一个人冷冷清清的在我的天边。他都苦呀，一定比我还难受，我可以提笔泄出我怎样的想他，他那信里隐隐约约的话

① 张奚若，中国政治学家，爱国民主人士。徐志摩好友。——编者注

② 张歆海，徐志摩前妻张幼仪的哥哥，曾追求过陆小曼。——编者注

③ 陈西滢，字通伯。凌叔华的丈夫，亦是徐志摩和陆小曼的朋友。——编者注

里却有意思，我虽是渴想他能明明白白写出他那片对我的诚意。可是我不敢叫他写，现在受庆在家，若是不幸叫他见了，岂不是不好么？我还是忍耐着罢，他愈走愈远了，昨天我不留神说："这礼拜为何过得这样的慢呀！"适之他们都笑起来了，我亦知道他们不好意说，我可是心里都明白，被他们笑得我脸红耳热愈发地难受。本来就不受用，这一来真差一点哭出来，我这种失常的样子真怕他们说闲说〔话〕，希望他们不要常来呐。咳，他在车上不知冷不冷，真不巧这几天格外的寒，仿忽〔佛〕冬天，边界那方一定根〔更〕凉，我想起他的洋服膀子又短，大衣亦短，脚膀上一定要受凉的，走的时间没有见他戴手套，不知买没有，他俄语不通一定吃苦不少，我愈想愈不放心，真奇怪我从没这样想人家过，真可笑，我不想啦。

这三天我一心一意老想记日记，可是老没有机会，真难受，那坐立不安的样子又出来了，亦没有做甚么东西，不过做了些法文的"文"。还背了几首法文诗，别的都没有做，对啦，还画了几张画呢，同淑华写了一封长信，我有点纳闷，他爱她么？我想他亦许爱她，我恨不要立刻拉他来问个明白才心死呢，我真想他，唉，不写这个呐，给他写信去呐。

一九二五年三月廿日

昨天才同他写完一封信，翊唐来了，谈了半天，他倒是狠〔很〕好的一个朋友，他说他那天在车站看见我的脸吓他一大跳，苍白苍白的好像死人脸，我那天怎能好看呢！他还说女师范等多知道我要同受庆离婚的事情，还好多数人都原谅我的，她们亦又许多造我们的谣言，他走得真好，他这一走，外头都说“他们若有爱情他这次一定不走的”，真可笑，可是外头人的嘴太坏，无事生非的老喜欢多管人家的闲事。我亦不知犯了甚么罪，处处招人妒，无论男女多爱拿我当谈话的滋〔资〕料。翊唐亦说现在是我脱离的好机会，可是娘呢！咳！娘呀！你可害苦了我啦，我恐怕为她我亦许就牺牲了我一世的幸福，等她百年之后，我再作道理罢，这几天心是死了，灰了。有几件事情四面听来的，使我死心到极点，说来说去终归到他一人身上就是，我若是忍着痛苦照样的过下去，是只苦我一人，娘可以安心，亦许更快活，受庆随便，社会不骂，亲友不笑，我的忧闷外人本不知道的，所原谅那几个人亦不足以去抵抗那一般人，我若是惊天动地的来一下子，那我本人是不必说幸福极了，可是父母就要因此亦许伤身，或是不认我，亲友冷笑，招社会的白眼，还要说我倒来败坏风化，思前算后，我怎么的办呢！先不说了。

翊唐走后我就去接了妹妹，同去淑华家，吃饭的时候才知道淑华的生日，是通伯announce（宣布）的，可见他同她的友谊甚深，她为甚么不告诉我们呢！回家时歆海送我的，他在路上就骂我，他说还要打我，因为我同外人说他的闲话，我起先奇怪极了，我同他说："我在外边不谈你的闲话的，我亦狠〔很〕少谈起你。"真的，我那〔哪〕儿就想起来他呀，在车上离得老远的亦说不清，到了门口他进来坐了一忽儿，我说是甚么呢！原来是为了给菲打电报的事情，亦是我的不是，那天同淑华谈天，我们说的是他，我因为气极了我就告诉了她打电报的事情，淑华答应我不讲给旁人听的，那〔哪〕知道她同通伯说了，通伯又不知同谁说了，他们就问歆海，他就气得要命，来找着我啦。我后来讲给他听，我说："她那样拿你们玩儿你们还想瞒人么，这在你们脸上虽没有多大羞，说说出来亦好让人知道她是怎样的人，到这时候还要这样的办么。"歆海说他到〔倒〕不痴，他可怜你太痴，他接信的时候他早就知道别人亦有的，所以他在电报局里知道你亦打了他并不惊奇，是在他意料中的，他知道你一定以为是你一个人有的，所以他才告诉你，他是希望你不要再迷下去。你同她的关系他都知道，菲真太坏了，自从你在伦敦给她的信一直到她临走的时候，她全份都给歆海看了，没有一封信没看见过，咳，何苦呢，我真气极了，他要求我给他看她那封长信，我昨晚没有答应他，我问他："你要看那封信是甚么目的，为你自己呢还是为他？"他说"为我们俩"。他还以为你法

〔发〕痴呢，想要救你出来，因为他知道她比你利〔厉〕害，他亦要我看她给他的信，让我知道知道她的“真人”，咳，我可怜的爱呀！人家都比较明白，都比你坏，你为甚么什〔这〕样的痴呀！歆海临走的时候说“志摩有hope（希望）”呀，这是甚么意思阿〔啊〕！难道她爱他么！他今天还来呢，他答应我都告诉我的，若是她真爱他那为甚我来夹在里边呢！本来他始终亦没有不爱她，我呀，我还不是个解闷球儿么！有甚么真情呀，我亦不要妄想了，我说人家痴，我才痴呢！

歆海来过了，他才走，坐了好久，同我讲了许多话，倒看他小小年纪比你还利〔厉〕害呢，她给他的信我亦见了，简直同给你的完全两种口气，今天歆海看完信，他说“这样看起来志摩没有hope（希望）了”。他亦说起他听见外头的gossipy up（闲话），那天我吃酒，他亦知道是为你，或是因为我恨受庆，他到〔倒〕没有说甚么，他说他爱你敬你在同一个时候。我心里恨极了，怨极了，痛极了，我简直说我是完了，我看前途的希望是狠〔很〕有限的了，他的一邦〔帮〕朋友都是敬他爱他的，我一定不能让他以后因我而失信于他们，我现在一点主意亦没有了，我的脑子亦快想空了，我且让她歇歇罢，我来讲些别的罢，歆海讲得菲真有趣，他亦同他一般的痴，她果真有这样好么？一个女人能叫人在同时敬爱，那真难极了，有一种人，生来极动人的，又美又活泼，人人看见了能爱的，可是狠〔很〕少能敬的。我的人的本性是最娇〔骄〕敖〔傲〕的，叫我生就一种小孩的皮〔脾〕气叫人爱而不敬，我真气极了，看看罢！我拼着我一身的幸福不要，我定要成个人材〔才〕，叫人又敬又爱才好呢。唉！我真想他能回来，我的生活习惯都是为他改的，他既爱我有天才，能发展出来，我又为甚不呢！我今晚不写了，吾的爱呀，我怕有一天，我将我的真情要藏起来，不让你知道，只让我一人受我的苦，好在我预备牺牲的，我决〔绝〕不是个自私自利的人，明天再说啦，我此刻要给淑华写信了。

一九二五年五月廿九日

昨天不知为何看完了那本书，觉得万事多〔都〕空极了。那书里女人的境遇同我错不多，她的结果可是狠〔很〕惨的，她爱的人为她死去，留下她依着老父过那残年。这几天我本来心里有种流不出来的难受，前天接着他三封信，心里稍微安了些，可是我愈知道他爱我深我心愈碎，咳！天呀！难道我今生不能如我的心愿了么？他叫我不要怕，我那〔哪〕能不怕呢？我上次的事情闹的多糟呀！目的没有达到，闹得满城风雨，现在谁不知道陆小曼。我若是再闹一此〔次〕，他人不知其中实情的人不知要怎样骂我呢！我若被骂我倒不怕，我只怕连了他！他是我国最有希望的一个大文学家，我凡事怎能不三思而行呢。我爱他！我这样的爱他，我得先顾着他的将来，咳，我怎能不天天哭呢！我的心愿同实事合不在一起的，我悔不该起头爱他的，爱原来是桩不幸的事情，有情人几个成眷属的，他们不是多抱恨到底的么？还有多少死在这一个字上的呢！我想若是别的多做不成，总没有管我去死！我怕甚么！这世不能露头不会早些归去从〔重〕投生亦许上帝可怜我们，赏了我们的心愿亦未可知，摩，爱呀！昨天我想得你声泪俱下，我哭了真一个多钟头，我想写——拿起笔来写不成字，我只得独坐回想我们的将来，那黑暗的将来！我知道，知现在是个极妙的机会，可是——我不忍！我不忍伤我父母，他们年老无儿，近来境遇狠〔很〕坏，不知如何过下去呢！我没有法子相劝他们，我那〔哪〕能再在这时间提议他们最反对的事呢！我真不知怎样好，我知他一定狠〔很〕急的，可是爱呀！我们既然是十分相爱，何必急！何必急！我只怕你误会我，我狠〔恨〕不能让你看；我的心，我是个狠〔很〕有志气的女孩子，最狠〔恨〕那些小人们。

一九二五年八月九日

他回来罢！我一定好好的kiss（吻）他。

你回来了！我心安了，一切事情亦都明白了，我这最后的几张我写的是正在生气的时候，现在事情亦说明了，我写的那无味的话亦可以取消了，哥哥，你明白我罢。[1]

志摩的批语：

满意！

我看这日记眼里潮润了好几回，“真”是无价的；爱，你把你的心这样不含糊的吐露。

一九二六年二月十二日

除夕——不是人人最喜欢的日子么？我看起来也不过同平日一般，没有意味到极点，现在娘她们都出去了，我要买的东西也叫祥顺去买了，我得看这功夫来同我的心谈谈。今天我想你一定喜欢知道我是十点钟起来的，同金Lily去走路，走了不少，回来腿也酸了。走进大门即看见哥的信——腿也好了，我最爱的是哥哥你时刻的记念我，不然我这般想你，你一点也不知不是冤么？你现在是已经在硖石了，也许正在谈论我二人的大事，不知怎样——

摩！我想起我以前的不幸我正心伤，自从十八岁那年起我未曾过一个欢喜的年，那年我在家（未嫁之前）卅十晚上正当大家玩牌的时候我一阵心伤，跑进屋里对着红沉沉的烛就哭，那时候我想我

① 此段话是写在八月九日日记的眉端。——编者注

将来一定嫁一个不称心不合意的人，使我终身抱恨的。这不是遇潮〔预兆〕么？你看不是我心里想甚么，就来甚么——幸喜我现在有你——五年不乐的除夕，从今天起可以洗尽了。可是我还是不乐——摩最让我现在安心有了你——可是我们的前途还是暗〔黯〕然，今天是万人喜欢的日子，外边不〔还〕是不断的钟竹声，叫我这种不幸人听了助我的心烦。等不忽儿慰慈他们来，我倒不喜欢有人来，我一个人坐着想，还不离哭，瞧见人我心就跟〔更〕烦。摩你还是快回来罢，今年又叫我过一个冷清的新年——明年呢！

客散人尽，已有四更天气，四边声砰砰然叫人听着思愁。现在你也许已经睡了，我说了半天还是不乐，输了廿大洋可惜——慰慈夫妇看着叫人心灰——天下男人要真都像他——那叫咱们真是要守身了，嫁谁好？不过天下夫妇大半如彼得！我亦可惜梦绿。

牌完独坐炉伴〔畔〕寻思，五年内所在的事一一都在目前，人生变化真无穷。我现在又想睡，还想写信，不过怕初一不寄。

一九二六年二月十三日

恭喜摩！我二十四岁了，不能再算小孩子了，我从今天起也不能再过从前的生活了。

我也想离开北京，只是父母在此也不能就此远行，真难。昨晚在炉前坐着想我一生还不知怎了。我想给你写信，可是初三前不寄初四再写你也该回来了，所以我决定给你写这书不写信了。你今天在那边做点甚么？我起来已有十一点了，家里也不过如此，无甚大意味，钱都用完了。

下午同娘去寄母处拜年，回来满身满心的不痛快，睡了多时，没有睡着，烦得直哭，想你，哥哥这都是你的不是了，大年初一就叫我哭，你若是在我身旁我不知道要怎样乐呢。

今年还是不乐，且待来年再一看。可是有一件事情使我很乐。三十晚上祥顺对着我的首〔守〕岁烛说："小姐你看多奇怪今年的腊〔蜡〕它就平了？"我不解，她说："自从你出嫁四年的腊〔蜡〕都是我点的，前四年——说也奇怪我点了不多时回来再看那俩〔两〕支腊〔蜡〕相错四五寸，其实都是一般的东西，方妈同我说这是一不祥，将来她二人必不能到老，我们都很忧愁也不敢告诉你，过〔果〕不然事情变了，今年——你瞧！这腊〔蜡〕多好，一样齐，同一个地方同一样腊〔蜡〕台——一样的点法，你说奇怪不？"我听了她的话真留心到它——果然是同时灭的。我的哥——想必是我们一定白头到老了，也许说不定同时死呢——你说可贺么？

我现在才看戏回来，同爸爸小端去的，到〔倒〕也好，我下午看了半本Blind bow bow boy，我已〔以〕后，无论做甚事都写了，那你看了一定喜欢的，我闷极了，看戏也不定心，不如你在家做文章我去看的好，哥哥你几时才能回来呢？我等极〔急〕了。我这两天人大不好，饭也吃不下，人也直瘦下去，只是这四天内，你说奇怪么？人也老是没有精神，也许是想你的原〔缘〕故。先前我还说你走了我也许可以养养生身呢——现在看起来不然了，终日思愁你也是一样病，我想过两天去德国医生看看再说。身体如此不好也非了事。我的颜色难看极了，腹中也不舒服！怕不要留下甚么病来罢！我倒有点急起来了，中国药我也不大敢吃了。我要睡了哥哥！你睡了没有？你们这俩〔两〕天一定老是在那边听〔提〕我！是不是？

一九二六年二月十九日

这两天叔〔说〕是我没有功夫写也不是我不想写，只是我心中同你生气，不敢写，我管不了我的笔由着我心头走，我不爱说话，不爱因我一时的气愤来使你心中受不了，我知道我的皮〔脾〕气，一时也就好，所以我等了两（天），今天我不能不向你谈谈了，我心里自问也有点气的不对，我们也不用再提了。

前天（初五）早起就被Lily约去七号吃饭，饭后同去玩清宫，幼仪也在，我不高兴极了，回来就想你，至七号看见了几件东西使我非常的气你，也非常的怨你——伤心极了，摩，你真对不起人，我也不说了，说出来也无非是伤心怨命，可〔何〕苦呢，我这几天大瘦，不成形了，也是你的过。

昨天正躺着沉思，慰慈夫妇同来，我也无心应酬她们，她们也不怪我的无精打采，人家都明白我心，他们到晚上才走，三舅母也在，我新年吃面少，多输钱也汝之过也。送〔从〕今晨起我想开了一切，也不怨命也不恨天，人活着也无非就是梦，一但〔旦〕醒了不甚也是一场空么？好便怎样，怀〔坏〕也是一疲。万是〔事〕也不应看得太真。我爱你那〔哪〕敢怨你，便不敢叫你为我难受。人家肯来嬉你我又何敢，不过只要是你情愿的，那不对面的人给你……你也甘心受的，像我这样的人原来不配做你最关切的人，自己要臭美么——不说了——今天我同三舅母去火神庙，买了不少东西，有许多可爱的东西只是没有钱买。昨晚，接着你上海的信，甚慰。我只是眼跳心驽不知为了何是〔事〕，我想去打一电报给你，又不知硖石用英文怎样写法，你为甚么不打电报给我？

幼仪我看比我好，真奇怪你为甚么不爱她？她现学问也比我好得多。只是我二人不容易做朋友的，我是无所谓，她看了我心里总有点了味儿，女人的心里我还不知道么？她们那天诚心僻〔避〕我，我难道不知道么？叫我去又要我回来，我岂是她们闹着玩的？我一定再不同她们一起了，再有人说你二人并未真的离，嘉森他又不认，我也不明白了。

一九二六年二月廿八日

昨天晚上写了一点，人不舒服了。

上床又是睡不着，朦胧中仿忽〔佛〕我也在硖石做新娘，见客，穿着很美的夜服，红裙子，羞答答的跟着婆婆见亲长。

摩，想起来都睡不着了，我自已真不觉得我是已经嫁过的人，你说可笑不?

我在被中，乐得我直咬，直笑，床前月光照得雪白，我今年真不高兴，连个月半都不能同你过。想起来不得不狠〔恨〕幼仪，她若早去不是你也早回来了么?晚上接你的信，多亲呀!哥哥，我二人是再也分不开了。

被三舅母叫去看了上元夫人。无味极了，心中只是想你，回来见draw（抽屉）里被人翻得乱七八糟，问起来知是娘看的，连我的日记也看了，真岂有此理，人家房里情书也是父母该看的么?我心中不免有点气，中国人真不讲规矩。

静肃肃的又晚深了。耳边厢仿忽〔佛〕还有锣鼓声，今天已是十六，我还要等么?常言说生离不如死别，我当初只不以为然，我现在才知道这是真的。我这一世爱我的人是不少，可是我真的没有真实爱过一个。受庆先前常出门几月，我非但不想他，反儿〔而〕觉得清静可慰，怕的是他在身旁，夫妻尚且如是，我老已〔以〕为不回〔会〕想的。

这相思二字还是我去年你在外国时学得的呢，那时比今又浅一分，后来又有朋友每天胡闹，也就差了些。现在我起坐都是二人，难得有一闲话我也是无心答对，连我自己也不明白，我只望此后再不要叫我遇着这等事情，无论天大事情，你若离我可不成，除非二人同行，你说好么？我想将来便不能让我一人在家，你想呢！冷天便不行！多冷呀！……不行……摩你懂么？小龙冬天最怕冷，你快回来，我有不少话说呃。

受庆来了一封信，写了一首古人的想〔相〕思词，语词甚是可怜的，可是他的行为我也看透了，假面具也戴不着了。就是他现在跑在我身旁，我也只得对他冷笑，我本当回他一信，可怕他得寸进尺。

你的信我宝贝极了。摩，将来我们看是若不分离，不是我就老得不到你的信了么？你可以在我边前也写信给我么？将来我能去你老家住么？他们会不会轻视我的？不理我？我那天做梦你忽〔和〕我见住〔着〕爹娘在硖石，他们对我娘家秋〔瞧〕看不起我，我回到房中倒在你怀中就哭，醒来还是一身汗，我真怕。我知道我这个人是吃不了人家的话，或是脸的，要是将来免不了受人几句不是要我的命么？咳！说起来我只恨寄娘，她害了我终身，毁了我名誉。不然我也许到现在还未嫁呢。这几天月经闹得我坐也坐不着，我去睡了。你叫我留下我的梦，可是我往往醒了就忘了。

一九二六年三月一日

方才又看了一遍你的日记，愈看愈爱，爱！记着！将来我死后一定要方〔放〕在我棺材里伴我，让我做了鬼也可以常常看看，比金刚经也许可贵得多。

那时间，我是该骂，不是我不爱，实在因为我环境迫得我自己都不知道怎样过日子，那晚叫你等我一夜我心中真难受，至今想起还得泪下。我以后死也不能再使你有一天像那会似的难受，我一定顺着你的心，使你为天下最快乐的人，好不好？

现在冷静极了！摩！爹娘都出去了，屋里满是流香淫淫的醉人，不然你若在我身旁我们又可以底底〔低低〕的说小语了，想起那味儿都叫人神往。你那边事情不知如何了，使我不定，心乱的事情也做不下去。我又想打电报问问你，你在上海我又不敢，算来今天幼仪到申，你也许后天可以动身，那再有五天也就见着你了，咳！还是忍耐着等着罢，凡是〔事〕都由命不由人，我乾〔干〕急也是无用。

梦绿说一忽〔会〕来，我许久没有见她了，这几天，天天被三舅母闹得我也无暇做事，她到〔倒〕还好，始终是帮我的，你要是还不回来，我真要疯了，夜长梦多，我真怕呀！摩！哥哥，我们现在的地位是不容易来的，若要再有甚么风波来，那我是一定活不成的了。我看若是你又不能前来求婚恐怕我伯伯娘也有些难允你，那我也今后没有脸面见人了。除非我们远走他国。该！不能想的，想起来是睡都不能的。你这次回来我不知道怎样的见你呢！久别重逢总有点羞答答的，摩你当人可千万别亲我，我真还不知怎样的吻你呢！你胖了呢还是瘦了？也许你进来的时候，我房里要是正有人，那多糟，一句话也不能说了。我知道！我见了你一定没有话说的，只会傻笑，那是我的皮〔脾〕气，话多便无话，乐极无话讲，摩！你呢？我真闷。

一九二六年三月三日

今天接着你俩〔两〕封信，喜极了。可是我还须等一个星期才能见你，叫我如何？

实望你今天有电来告我归期，那〔哪〕知道现在正是十二点了也未见一字。明天不知怎样，倘若京津车真的不通了，那不是要你我的命么？摩！你同幼仪不是算了结了么？为甚么还有许多事情呢！你来信也未说爹爹来不来，肯不肯出面求婚，叫我闷得快死了。吃药！有甚么用！心里成天成夜的难受！我今天去梦绿家，慰慈前天输了一千大洋，气得他在家睡了俩〔两〕正天。赌——真是害人，摩摩，我希望我们将来一定不赌，我同你的生活必须要同人俩〔两〕样的，那些俗事我们决不要加入，知亲打几圈牌是勉〔免〕不了的，牌九可千万不要来。

哥哥，我真想同你去深山住，我到〔倒〕想在西湖边住些日子，我们将来去那边过蜜月好不？想起来真甜，可是我听人言，夫妻太好不会白头的，你信么？不然你就有时候假装不爱我，好不好。

一九二六年三月七日

两天没有亲你了，哥哥！因为我自从得到你的来电后，心里的怨闷，全都消了，连着出去了俩〔两〕天，前天白天同娘看戏，晚上同L去洗沐，回来偏身无力躺下就睡。昨天六姨生日，晚上又同L去看外国戏，回来又谈天。今天我才送〔从〕梦绿家回来。昨天看戏时心中非常难过，我同金讲，我想摩，我在此听好戏，他正在船上闷着，我难过得很，他还笑我们呢，说实话，我每在热闹场中没有你在身旁，我总觉难过。沈先生来了，信也见着了。摩！天下的美女子还得使你倾倒么？

一个美貌的女子就能使你神往，那你看是一俩〔两〕年不见我，只要有别的美人在旁你就能忘了我么？本来啊，人之爱好是天然的，我那〔哪〕能使你见了别的好看的人不动心呢？况且你眉眉也不是个天仙美女，那〔哪〕有权力来管人家呢！你畅开儿的看罢！我是不配管的。

摩！以后我一定再也不离你一天了。

你也是同旁的男子一般的拷〔靠〕不住。古人说水性杨花是女人，我看男子便流水无情呃！

写！我再也不敢写！

这纸上的影子使得我——

眼中阵阵地发〇

阿〔啊〕！这不是你碧波的眼——

叫我一笔涂上一点黑[①]，

笑淫淫〔吟吟〕的对着我疑问

啊！这一辈子叫我涂淹了

你那满盈盈的热情，

如今再也不见你对我笑的影子

写——我还敢再写么?

呀！这不是你红盈盈的香口，

半开半闭的向我张着，

在这雪亮的纸上——

再也满不了你那急切的等——等，

等那热烈浓甜香吻的情景——

一笔，这一笔又叫我

涂墨了我正想亲上去香吻，

写！我还敢再写是么，

但如今我再也不

---

① 这句她自己已圈去不用。——编者注

那纸上印出的香唇
碧波淫淫〔银银〕含情的热视了
那也不用等了——
我的希望也不久可以得到了——
写——跟〔更〕用不着再写了。

你瞧我写的诗多好呀！且比大诗人徐志摩的诗好得多呢！不信你登出来叫人家看，一定人家嘴都会搬家呢！你有那能干么？你瞧我再来写一首呀！我也用不着想，用不着先做，一写就是。

听！那不是他的脚声么？
可笑——他还轻轻的怕我知道呢！
或着〔者〕他一定想吓我！
也许他偏叫惊奇！
可是我再也不怕——
再也不用惊——我也来骗他一次。
哈哈！门外头跳进了一只鹤！
东张西望像似只饿鸡！
满心想来觅他的小乖乖！
来吮他饿了一个月的嘴！
乖乖！快出来——不然我要钻进来了！

在被服的中间躲着他的小龙，
心里砰砰〔怦怦〕的跳得连身体都
她听见那只饿鸡的话了——
她也未曾不饿——只是不说！
她正在急得没有处躲！
旁边钻进了一只有〔又〕大有〔又〕美的手！
她再也动不了——她再也叫不出——
她已经快被他吃完了——
肉——血——灵魂——都变了他的了！
千万只眼也再也分不青〔清〕龙同鹤是两样。

你瞧多美——我再也想不到你的眉眉是个大诗人，哥哥！你的嘴搬不搬家，要想搬家一定得请我做诗！

闹了半天纸也没有了？我真不写了，明天也许见着我的鹤了。这本日记算是完了，我希望以后我再也不用写这同样的日记了。

眉

陆小曼书房留影

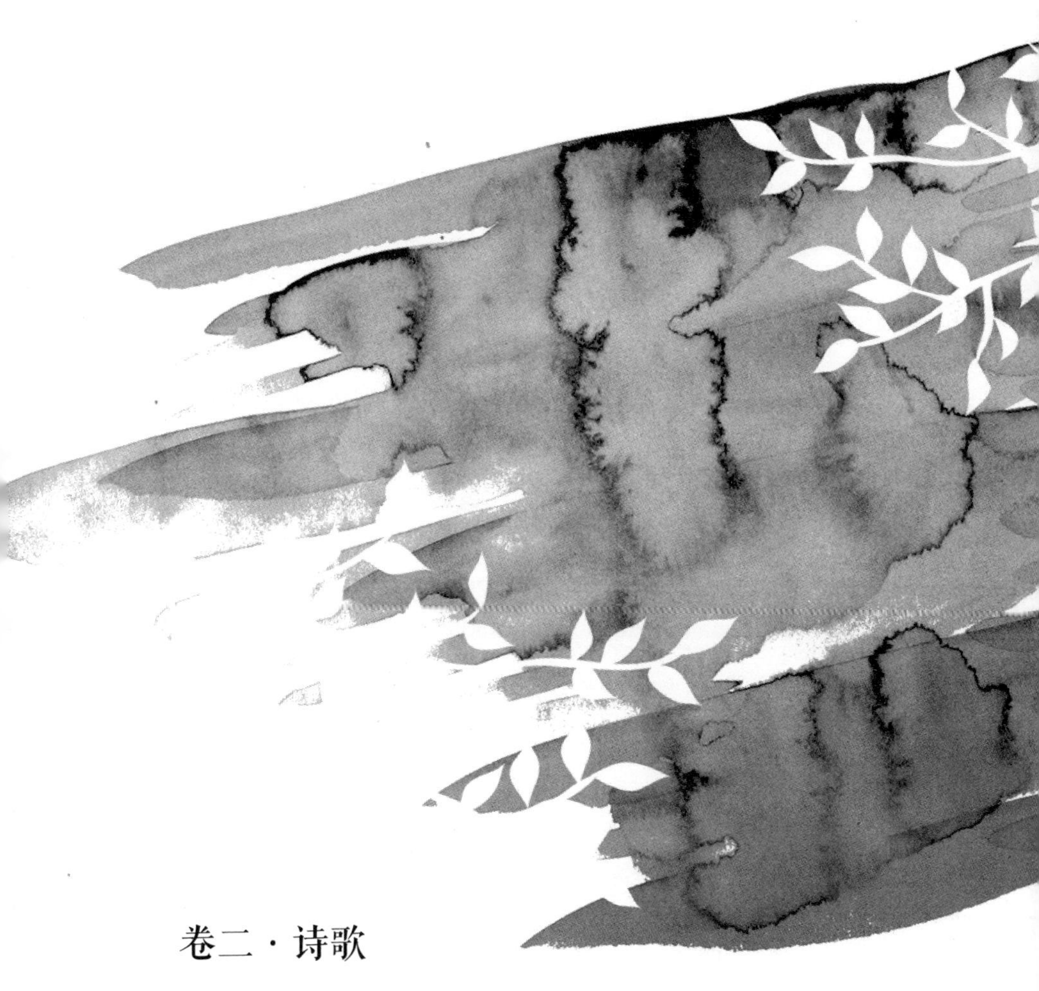

卷二·诗歌

1926年10月16日《北洋画报》第29期所刊陆小曼侧面照

陆小曼执扇

1931年11月19日，徐志摩在山东飞机失事，陆小曼作此联以寄哀思。标题为编者所添。

悼志摩挽联（忆志摩）

多少前尘成噩梦，五载哀欢，匆匆永诀，天道复奚论，欲死未能因母老；

万千别恨向谁言，一身愁病，渺渺离魂，人间应不久，遗文编就答君心。

1933年清明，陆小曼到海宁硖石给徐志摩扫墓时有感而发，创作此诗，诗歌标题为编者所添。

癸酉清明回硖石扫墓有感

肠断人琴感未消，
此心久已寄云峤。
年来更识荒寒味，
写到湖山总寂寥。

（癸酉清明回硖石为志摩扫墓，心有所感，因提〔题〕此博伯父[①]大人一笑，侄媳敬赠。）

① 伯父大人，即指徐志摩的大伯徐蓉初。

该诗与陆小曼的散文《中秋夜感》一起刊于1939年10月出版的《南风》第一卷第六期，具体创作时间不详。据《中秋夜感》内容可以看出，小曼作此诗是因为她觉得诗是志摩的生命，她有责任让诗坛活跃起来，于是创作了一首新诗来“抛砖引玉”。

秋 叶

一声声的狂吼从东北里
带来了一阵残酷的秋风，
狮虎似的扫荡得
枝头上半枯残枝
飘落在蔓草上乱打转儿，
浪花似的卷着往前直跑
你看——它们好像已经有了目标！
它们穿过了鲜红的枫林：
看枫叶躲在枝头飘摇，
好像夸耀它们的逍遥？
可是不，你看我偏不眼热！
那暂时栖身，片刻的停留；
但等西北风到，它们
不是跟我一样的遭殃，

同样的飘荡？不，不，
我还是去寻我的方向。
它们穿过了乱草与枯枝，
凌乱的砾石也挡不了道儿；
碧水似的秋月放出了
灿烂的光辉，像一盏
琉璃的明灯照着它们，
去寻——寻它们的目标。
那一流绿沉沉的清溪，
在那边等着它们去洗涤
满身粘染着的污泥；
再送到那浪涛的大海里，
永远享受那光明的清辉。

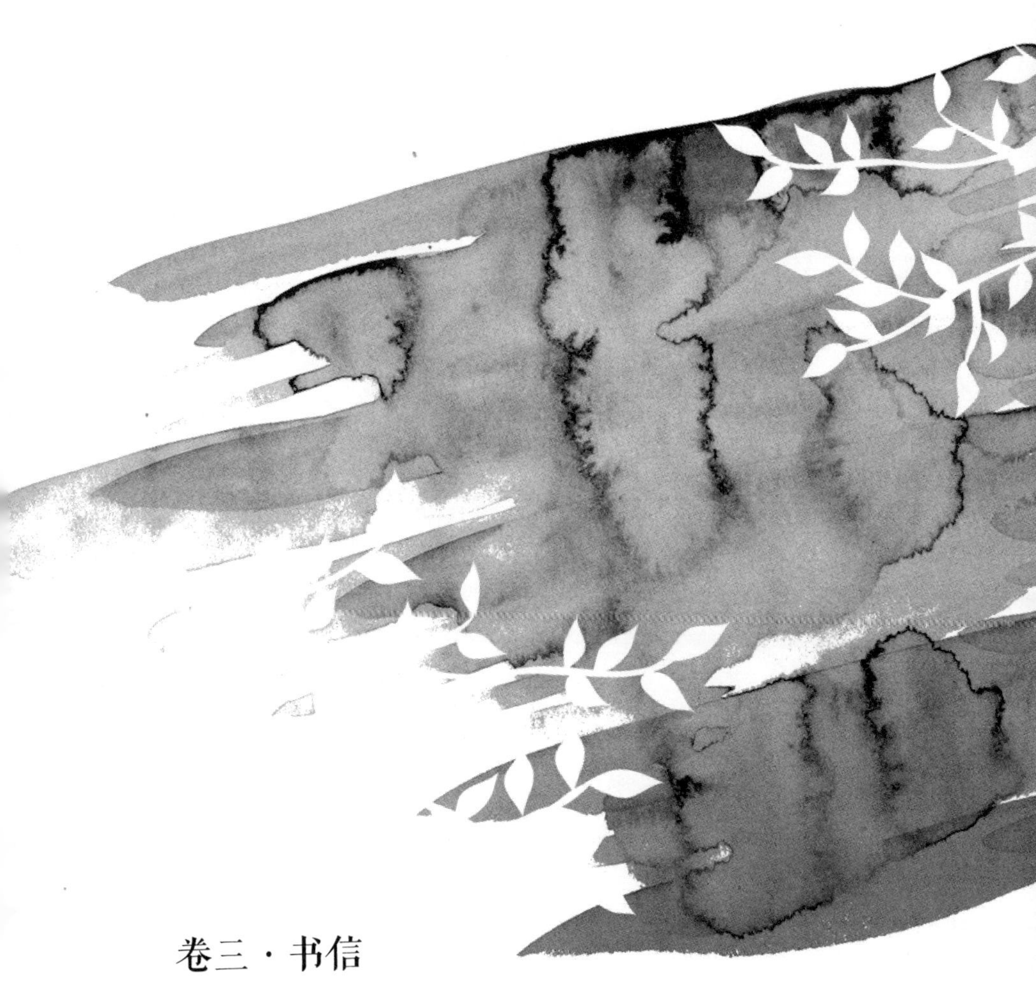

卷三·书信

陆小曼致徐志摩书信四封。第一封信原信未署日期。根据信中内容，该信应写于1925年9月初，陆小曼与其母随丈夫王赓抵达上海，不久徐志摩亦追随而至。第二封信写于1931年6月。第三封信写于1931年11月。第四封信写于1931年11月。

致徐志摩书信四封

（一）

前天晚上我亦不知怎样写的那封信，我真是没有心的人了，我心里为难，我亦不管你受得受不得，我竟糊里糊涂的写了那封信，我这才受悔呢，还来得及么？你骂我亦好，怨我亦该，我没有再说话的权了，我忍心么？我爱！你是不会怨我的，亦决不骂我，我知道的！可是，我自己明白了自己的错，比你骂我还难受呢！我现在已拿回那信了，你饶我罢，忘记了那封被一时情感激出来的满无诚意的信罢！实在是因为我那天晚上叫娘哭得我心灰意懒的，仿忽〔佛〕我那时间犯了多大的罪似的，恨不能在上帝前洗了我的罪，立刻死去。现在我再亦不信我会写那样的信给你了的呀，（只爱你）就算是你疑我，我亦不怨你，不过摩呀，我的心——你相信我爱你的诚心，你要我用笔形容出去，是十支笔都写不出来的，摩呀！你要是亦疑心我或是想我是个□□□□[①]。那我真连死都没有清白的路了，摩呀，今天先生说些话，使我心痛的利〔厉〕害，咳，难道说我这几个朋友还疑心我，还看不起我么？可是我近来自己亦好怕我自己，我不如先的活了，有时我竟觉着我心冷的如死一样，对于无论何事都没有希望，只想每天胡乱的过去，精乏力尽后倒床就睡，我前个的样子又慢慢的回来了，我自己的本性又渐的躲起来了，他人所见的我——不是我本来的我了，摩呀——我本来的我，恐怕只有你一个能得到——享受，或是永不再见人。前天下午你走的时候我心里乱极了，我要你——近我——近了我——又怕娘见着骂——你走了，我心如失，摩呀。

I have you alone, you can never doubt me any more, if you do I will kill myself. The last few days, my mind was so confused that I did. I know what I was doing. I want you near me, yet when you were near, I always get nervous. As for other friend, they are merely friends, they are quite different. We gee was wrong in saying that, I do not blame him for he don't understand me at all. I treat H.H as a brother careful, I don't think he can rape me, Mother is still going with me. I really don't know what will happen where we go to Shanghai. You better not come to see me the station, as soon as I arrive Shanghai, I will try to let you know

① 注：这里有一句英语无法看清。——编者注

the best ways is try to pretend to be a friend of fore day's so we can be more convenient.

Darling, we can write each other always, suppose if we can be together always when I go to Shanghai, don't be Grosse and unhappy, only remember I am always with you.

Today is father's birthday, every body has gone now, nearly three o'clock, only □先生、H.H、三舅母、三太太 are still plying or do. I am here writing to you, but I am tired to death, I wrote in such haste because I want you to be happy believe me. I love you going ask to send this letter for me. Trust your poor miserable, she is always yours.

I promised him to be a loving sister to him always and beside he knows we love each other, he understand me, he is treating me quite right only he comes too often as to start people suspicious. But when he gets jobs he will be busy. All these are small affairs. You mustn't ever thinking otherwise. Do you think I am coquette? Told you to prepare for the worst will be my death nothing more. If I can't get myself free, I will die for you, dearest, oh Mon., the last two nights, I have been crying for you, don't you know? How could say that your absence may make me happier, oh! Your heart less boy, if you know how I pass these days, you would have fitted me, I am sure. Yesterday I almost died 梦绿 got so frightened that she want to call mother back. I was smiling and talking as usually, but my heart was cutting. They understand me, they tried to cheer me. 老张 united me to Peking Hotel, on the roof. Oh! Dear me. Awful moonlight. Thinking you left on moon full day again. It seems as we can never be "fulfil" at all. Since we love each other we have never spend 15th together. The other night in all my mind was so confused oh daring I would if you could ever forgive for what I have done. Oh! If we could only be alone, free, under the moon light, then you will see a different mignon too. Daring, I was so frightened, so nervous, jumping up for anything. Oh! If I having on like this, I am sure I will go mad.

I missed you terribly. Daring, Mon., oh! Mon. don't you hear me calling you? I love you so, yet I can't break mother's heart. Just image my feelings. Do you think I could sacrifice you? My hope! But whenever mother pray me and crying, I always get more and think of searcrificing ever think even my own life. There are reasons. 1st, Dr Klieg told me mother has only few years to live, she may died at any moment for one of her lungs is always dried. It hurt me so much to hear this, I want to please and very duty to her during her short days. Otherwise I will regret afterwards. No, I don't regret I how loved you so much, I only beat myself to bring unhappiness to you. But remembers! Daring, I will always suffer with you. Now dear! Be patient, the thing will turn out sooner or larder, only love me and trust me I will always be yours and yours forever. During my confused moment I may say unreasonable saying, don't ever believe it, wait for me daring, if I couldn't be yours in name, I am your in name of however. Help me to be a good girl dearest, help me to be dutiful daughter. I will promise you to change myself. I will see no friends, accept not waitation if you wish, I will do any thing, will promise anything, if you promise to take good care of yourself, put yourself to work and wait for Heaven's callings. Some day God will pity us. As for staying with greedy, that I can promise you, dear, I will be.

我只有你[①]，你再也不要怀疑我。如果你怀疑，我会杀了我自己。前些天，我心乱如麻，就像我表现出的那样。我知道自己在干什么。我想要你亲近我，但当你真这么做了，我又慌乱不安。至于其他朋友，他们仅限于朋友而已，他们跟你是完全不同的。魏说的是不对的，我不怪他，因为他根本不了解我。H.H对我来说就像一个细心的哥哥，但我依然心存戒备，我想他不会对我施暴。母亲依然陪伴在我左右。我真不知道我们到了上海会遇到什么情况。我一到上海，你最好不要来车站接我，我想让你明白，现在最好的办法就是佯装一个故友，这样我们才能更方便些。

亲爱的！我们可以常常互相通信。我在上海时或许我们还能常

① 此部分文字为编者根据英文稿本的翻译。

常一起，不要反感或不快。只要记住，我的心永远和你在一起。

今天是父亲的生日，现在大概是三点钟左右，大家都走了，只有X先生、H.H、三舅母和三太太仍然在玩或做事情。而我在给你写信，但我好累，我写得匆忙是想让你高兴。相信我，我永远爱你，爱你到死。他们即将为我送信去了。请相信你可怜的小东西，她永远爱你。

我答应他要永远做他的一个可爱的妹妹，但他清楚我们是相爱的。他了解我，对我也很正常，只是他来得如此频繁以至于引起别人猜疑；但如果他有一份工作，他就会没时间了。所有这些都是小事情，你不必老是放在心上；否则你会把我想成一个轻佻的女子！你做好最坏的准备，最坏的也就是我死了。如果我不能自由，那我愿意为你而死。最亲爱的！啊！摩！知道吗？前两天晚上我为你哭红了眼。你怎么能说你以后不可能再开心了呢？啊！你这没良心的，如果你知道这几天我是怎么度过的，我敢肯定，你会可怜我的。昨天，我跟死了没两样，把梦绿吓坏了，急得要把母亲叫回。我微笑着谈吐如常，但我的心如刀绞。他们看在眼里，试图让我开心起来，老张拉我去北京饭店的顶层，啊！天啊！那讨人厌的月光。它让我想起你在月圆之时的再次离开，我们似乎永远不可能“达到目的”了。自打我们相爱以来，从未一起度过中秋，而其他日子的晚上，心又是那么烦闷。啊！亲爱的！但愿你能原谅我所做的一切。啊！如果我们能在这样的月光下自在独处，你将看到一个完全不同的小姑娘。亲爱的，我如此地惊恐与不安，一点小事就能让我惊吓地跳起。啊！再这样下去，我一定会疯的。

我好怕失去你，亲爱的，摩，啊！摩！能听到我的呼唤吗？我好爱你；但我不能伤了母亲的心。请换位思考一下我的感情，你觉得我能没有你么？你是我的梦想。但当母亲哭着求我，理由是：克利医生告诉我，母亲活不了几年了，她随时可能死去，因为她的一叶肺已经干涸。听到这个消息我真的很伤心，我想在她短暂的日子里让她开心，而且我要很本分，否则我会抱憾终身。不！我不遗憾，我是多么爱你。我只能欺骗我自己，我不能给你幸福。但亲爱的你要记住，我愿意永远和你同甘共苦。现在，亲爱的，我们要忍耐，终会有转机的，只有你依然爱我并相信我，我永远属于你。当我心烦意乱时，我可能说了过分的话，请你不要相信。等着我，亲爱的，如果我不能在名义上属于你，那之于任何名义而言，我都可以属于你。我最亲爱的，请帮助我做一个好女孩，一个尽责的女儿。我愿为你改变自己。如果你不想我见朋友，我会毫不犹豫地接受，不再见他们。为你我甘愿做任何事情，我愿答应你任何事情，如果你也答应我保重自己，把精力投入到工作上，并等待上天安排。终有一天，上帝会怜悯我们的。至于等待心情急切，我也答应你，亲爱的，我会的。

（二）

摩：

顷接信，袍子是娘亲手放于箱中，在最上面。想是又被人偷去了。家中是都已寻到，一件也没有。你也须察看一下问一问才是，不要只说家中人乱，须知你比谁都乱呢。现在家中也没有甚么衣服了，你东放两件西放两件，你还是自己记记清，不要到时来怪旁人。我是自幼不会理家的，家里也一向没有干净过，可是倒也不见得怎样住不惯。像我这样的太太要能同胡太太那样能料理老爷是恐怕有些难罢，天下实在很难有完美的事呢。

玉器少带两件也好，你看着办罢。

现在我有一事求你，龙龙（我的大侄儿）今夏在大同中学毕业了，实因家贫再没有能进大学的力量了，可是孩子自己十分的好学，上海大学是跟不起，北京一年也须三四百元，可否能请你在北京无论哪处报馆或其他晚间作〔做〕工的地方给他寻寻小事，（三四十元）让他日读夜工，以成其志，不知此事能办否？请速进行，早复回音为盼。

既无钱回家何必拼命呢，飞机还是不坐为好。北京人多朋友多，玩处多，当然爱住；上海房子小又乱，地方又下流，人又不可取，还有何可留恋呢！来去请便罢，浊地本留不得雅士，夫复何言！此请暑安。

（三）

爱夫：

秋雨连绵，闺中人平添不少惘怅，国事又如斯，南北相隔数日未得音问，真闷死矣。虽然吾夫客中相慰有人，然车若中断，交通不便，又须多待归期，何如，何如！

近日不知何故心神不快之至，终日无事可博我一笑。前数日因近代名人展览约我出画，故连画三张，彼等不问竟将我名列入现代名人之中，彼等作品皆数年苦功得来，我是初出茅庐之人，真令我羞杀〔煞〕矣。又加一月来破月经事，始〔使〕我每日精神疲乏，提笔即头痛眼酸，故甚少习练，今日才觉人生健康为最要紧之事矣。惜我连年多病，至今尚不能见天日，每念及我运途之不幸，令我恨不能速寻归路。

昨日去一品香访吴，彼因家中病人故避了旅舍，长谈三小时，回来已深夜，故未修书，虞裳可恶，屡次去催不见送钱来，你名下不知尚有多少。我这月中用钱又甚多，看病，药引数日无，又因过节时多用了二百金，今不能补，尚有志七款虽未付去，然彼因无钱买衣，小鹡等又不能付，故在我处取去五十元，若长此穷困，不知如何是好！百里处家如何？你可早回否？

天津出事北京不妨否？令我急杀〔煞〕，你不早来。近日甚少接家书，想必是侍候她人格外忙了，故盼行动少自尊重，勿叫人取笑为是。

如果多写家书则幸甚，车如何？最少也须一百零七两一修，盼即覆，好动工。回来时好坐，无车甚感不便。明日而口。

十一月十一日

（四）

摩：

你来不来，今天还不见来电，我看事情是非你回来不成，你不是为钱，多坐回火车罢。况且这种钱不伤风化的，少蝶不也是如此起家的吗？摩，你不要乱想，来罢。大雨信转交，我到现在才覆。也许此信不达你了。

1926年11月13日《北洋画报》所刊陆小曼

陆小曼致胡适书信六封。从内容上看，第一封信应为1931年徐志摩遇难后，是陆小曼致胡适的第一封信，时间当在11月底至12月初。第二封信与上一封内容相连，是陆小曼接胡适回信后的第二封致信，时间当在1931年12月。第三封信与上两封信内容相连，写于1932年年初。第四封信从内容上看与上几封信相连，应作于1932年3、4月间。第五封信从内容上看应在上一封信两个月之后。最后一封写作时间不详。

致胡适书信六封

（一）

先生：

这是那〔哪〕里说起！苍天因何绝我如斯！想我平生待人忠厚，为人虽不能说毫无过失，也从不敢做害人之事，几年来心神之痛苦也只是默然忍受，盼的是下半世可以过些清闲的岁月，谁知苍天竟打我这一下猛烈的霹雳，夫复何言？天有眼，地有灵，难道没有慈悲之心么？叫我怨谁好，恨谁是？命也运也，先生，我万想不到会有这等事临到我头上来的，我，我还说甚么？上帝好像只给我知道世上有痛苦，从没有给我一些乐趣，可怜我十年来所受的刺激未免太残酷了，这一下我可真成了半死的人了，若能真叫我离开这可怕的世界，倒是菩萨的慈悲，可是回头看看我的白发老娘，还是没有勇气跟着志摩飞去云外，看起来我的罪尚未了清，我只得为着他再摇一摇头与世奋斗一下，现在只有死是件最容易的事了，我还是往满是荆棘的道去走罢。我，生前无以对他，只得死后来振一振我这一口将死的气，做一些他在时盼我做的事罢。希望天可怜我，给我些精力，不要再叫病魔成天的缠我。我一定做些惊人的事，叫他在泉下亦笑一笑，才不负他爱我的一片心，只可怜我此（后）便一个人来打天下了。以后的寂寞的岁月怕没有些勇气也难以往下过的。这一种的惩罚我现在默认了，我一点儿也不怨天，也不恨人，我只是含悲忍痛的自认。咳，先生！我希望你也给我些最后相助，我已受着天地间最利〔厉〕害报罚，我愿意不要再受人们的责问，你也是知道我的一个人，我现在心里痛，也非笔墨所能形容的，一个心高气傲的我，现在打得心灰意懒的了。从此我只寄托我的心在事业上了，别的事情我是一概丢去了，小曼从此变一个人了，你们看罢。

我才起床了两天，许多事还没有力气去做，我以后的经济问题，全盼你同文伯二人帮助了，老太爷处如何说法文伯也都与你说过了，我只盼你能早日来（最好王文伯未走之前），文伯说你今天来信又有不管之意，我想你一定不能如斯的忍心，你爱志摩你能忍心不管我么？我们虽然近两年来意见有些相左，可是你我之情岂能因细小的误会而有两样么？你知道我的朋友也很少，知己更不必说，我生活上若不得安逸，我又何能静心的功〔工〕作呢？这是最要紧的事，你岂能不管呢？我怕你心肠不能如斯之忍罢！当初本是你一人的大力成全我们的，我们对你的深情永不忘的，现在志摩丢下我一人，我不死也为他，不然我又有何留恋呢？我这种终日困在病魔中的人本无多日偷生，我只盼你能将我一二年内的生活费好好与我安排一下，让我在这个时间将志摩与我的未了心愿做就，留下些不死的东西，不负他爱我之情与朋友盼我之意，我即去天边寻我的摩，永远的相亲相爱，那时想象朋辈一定不能再有怨我之处了，只是这二年内我再不能受经济的痛苦了。

志摩还有不少信、日记在京请你带下，不要随便与人家看，等我看过再发表，我想他的信、日记，以后由我自己编，三个月内一定可以有二本出版，可是亦望你好好的帮我一下，洵美之意也愿意他的东西一起由我自编，最好你能早来海上多等些日子，我们大家一起努力的做一下，我还想通知各好友处，如他的信愿意发表的，也寄给我，他的诗和散文如有，我看请你同他编一下，因为我一人怕来不及，我还想写一本我所知道的志摩，不过我近年于学识是荒废的可怕，我日内即好好的用一下死功，我也可借此将我的心用在别的上，不然我想怕半年也活不了，洵美说现在的版税每月连五十块钱都没有，全要看我们将来的了。

我昨天寻了一天也不见志摩上次在外国给我的那一百封信，真气得我半死，因为去年先父故时，家中乱极，许多东西都在那时不见的，明天我再找一下，希望可以寻着。他信虽不少，可是英文的多，最美的还是英文，不知可以发表否?

淑华来信想将她那里的信送我，我真是万分的感谢她，在此人情浅薄的时间，竟有她这样的热心，叫我无以相对。

先生我同你两年来未曾有机会谈话，我这两年的环境可说坏到极点，不知者还许说我的不是，我当初本想让你永久的不明了，我还有时恨你能爱我而不能原谅我的苦衷，与外人一样的来责罚我，可是我现在不能再让你误会下去了，等你来了可否让我细细的表一表？因为我以后在最寂寞的岁月愿有一二人能稍微给我些精神上的安慰。

现在我精力将尽，手腕发抖，还有许多话写不下去了，等下次再谈罢，希望你在百忙中能与将日后的办法好好的安排一下，因我受此一击后，脑子都有些麻木了，有时心痛起来眼前直是发黑，一生为人，到今天才知道人的心是真的会痛如刀绞的，苍天平〔凭〕空抢去了我惟一的可爱的摩，想起他待我的柔情蜜意，叫我真不能一日活，我的眼泪也已流干，这两日只是一阵阵的干痛，哭笑不能。先生，我，唉，我简直没有话可说了，只盼苍天□□大家，给我些勇气，让我能做完我这未了的心愿，不半途而死，那还是无以对我的爱摩。心碎而痛我强忍□□，先生盼你救我一救罢！

小曼

(二)

先生：

盼了多日昨天才接来函。我知道你是极关心我的将来的一个人，一向散漫的我，这一次再不能叫朋友们失望了，现在我也不爱多讲，因为不信的是始终不信的，事情只在做不在说，就是说破嘴，不信的还是不信，大家等着将来看罢。

我这一次的遭遇，可算是人生最痛苦的了，本来从此生活上再不能有先前的安逸，更不盼望有甚么快乐，以前的我只好认为死去，我的心也只能算是同他一起飞去，以后我独自一人只好孤单的独自奋斗，从此单调再没有别的附和，前途虽是黑暗，可是有他一点灵光在先引着，不怕我没有成功，究竟我不是一个没有志气的人。文伯当然有些太乐观，可是有他这一催促，我再不能叫他失望，我也同时盼你不要太消极了。

他的全部著作当然不能由我一人编，一个没有经验的我也不敢负此重责，不过他的信同日记我想由我编（他的一切信件同我的他的日记都在北平，盼带来）我想在每信后加上小注，你看如何，你来我盼你能同我商量一切，事情多，盼多分些时候出来。

还有他别的遗文等也盼你先给我看过再去付印。我们的日记更盼不要随便给人家看，千万别忘。

老太爷处等你来决定，盼你最后一次与我稍为〔微〕买〔卖〕一点力气，当初你一片心成全我们，谁又知道你还有这样悲惨一幕剧在后头，你也真可算不幸了，更不同提我。回忆当初一片苦心，真叫人无一日可生，人生到此还说甚么？

好像他还有一个英文打字机在北平，不知是否，如有也请带来，我要打他的英文信。

还有一事，大雨也少摩三百块钱，可否请你转向请他在年内给我，因为他在绸缎庄上拿的东西年底要算账的，我此时再没有钱来垫，不过听他也没有钱，不过比我终还好些。

北大的钱（十二月份）你是带来么，要过年没有还钱我这二个月就没有法子过。咳，金钱太可恶了，他要不是为经济，许还不至于死，我真恨，恨一切，从此再没有我喜欢的东西了。我天天吃药养身，可是还是瘦无人样，本来心碎如何能补？

细情照面再谈。

曼　廿六晚

（三）

先生：

天天想写信不是人倦，就是事情忙，又加这些日病又找了我几天，真也是命运。一碗碗的苦水往下送还是不见好，每天押着自己四五小时的功，看二三时的书已是十分疲乏了，不要说再有余力来写信，也许还心绪伤乱的原故，虽然我百般的自己想法子忘去一切，可是事实上是做不到的，眼看年关就怕难过，叫我怎能不急，四面想法钱还是不够，新月穷得行中只有几千块钱，变卖手〔首〕饰一时也无主，朋友穷的多，可是账又非还不可，你看如何？我想请你设法将校中二月份的钱在二号前给我寄来，最好你若有钱再给我多寄几百，我是到无法可想的时候才说此话的，向人借钱的事我是最做不来的，现在的日子是一天不如一天了，就是年过了，以后我如能过，二百五十元只够我吃药看病请先生吃烟。就算以后将以上几种都除去，也非有一半年的时候不成，叫我现在新伤未愈，病恹恹的时候，怎能立刻摆除一切呢？想起来简直是一天都度不下，不过愈想愈病，愈病是愈没有办法，只有听天由命罢。

我早知老太爷一样也不管，我也不多事去念甚么经了，虽然事属迷信，不过我总觉得一点不做十分对不着他，已经不能让我回去陪伴他的灵，我已是终身抱恨的了，我们几年相爱，到今天连灵前都不能去，叫我怎能不恨？真怨，老爷子真也太不讲人情了，他失去儿子有女儿相陪，可不想想我从今以后变了孤单人，有〔又〕没有小孩子，有谁能陪伴于我？他太不与人设想了，也怪我的命运太蹇之故，怨做甚么？

忙了过年，又须立刻搬家，这屋子太大了，无福享受了，这些日心更烦，更痛，前途一切都狠〔很〕黑，怕我单独打不出路来，怎好！盼你先帮我过了年关再说，请早日来信。

祝你快乐

太太前问候

曼上　一月廿六日

（四）

先生：

此番蒙你的大力为我奔波，真叫我无从谢起，虽然事情不甚顺手，也只怪我命薄，你们的盛意我是一样的感谢的。

草稿看过不知谁是寄庼，还有一事不明白，不知为何须到每月廿日才能凭折去取钱，最好是仍用我的旧支票本，每月初去取或是每年许我自由（不论何日何月）可以去取钱（用支票），如此办法于我稍为便利些，于老爷子也无大损，不知可否代达。

竞武已来过，他狠〔很〕肯帮忙，他只叫我养病读书，经济不足他随时补助，可以请你们放心，我一定从此决心做一个你们所盼我的一种人，决不叫人再笑我无能。

洵美尚未来过，盼你们在百忙中再分出几分钟来看我一次，今天小郭来过，也无非相对黯然而已，咳，甚么多〔都〕有再见的时候，只是再也见不着我的摩了。

你若愿去看摩，不妨我们同去一次，你看如何?

盼你来，最好文伯、慰慈同来。

此上

先生刻安

曼上

（五）

先生：

谁知道时光过得如此的快，转眼以〔已〕有俩〔两〕个多月没有通信了。我自从出痧子以后，天天忙着画，简直可以说忙得连喘气的功夫都没有，因为我在病中感觉到一种痛苦，是不可言语的，在我的思想上因此也变了一种观念，病好了立刻看透一切的一切，忘记了一切的一切，我发誓在短时间要成功一样事业，这俩〔两〕

个月内我的成绩不算坏了，上星期几个朋友一起开了一个扇子展览会。一个学画不到一年的我居然也会在许多老前辈里面出品，卖十六元至十元一把，拿去几幅不到一星期都买〔卖〕完，还有外省来定的，你看，是不是运气？也许是天可怜我，给我一条最后的路走走。如此也好给我些勇气，我现在画的，自己看简直没有甚么好处，不过朋辈都狠〔很〕惊奇我进步的迅速，也许他们骗骗我高兴而已，不过这也是我一种苦心，近况不得不告诉你，让你也好放心，虽然一切都狠〔很〕顺手，可是有时想起来我的可怜的摩，使我一切都看得如同灰尘，就是学成了大画家也是无味，他也再不能回来了。

林先生前天去北平，我托了他许多事情，件件要你帮帮忙，日记千万叫他带回来，那是我现在最宝爱的一件东西，离开了已有半年多，实在是天天想他了，请无论抄了没有先带了来再说，文伯说淑华等因摩的日记闹得大家无趣，我因此狠〔很〕不放心我那一本，你为何老不带回我，岂也有另种原因么，这一次求你一定赏还了我罢，让我夜静时也好看看，见字如见人，也好自己骗骗自己，你不要再使我失望了（上次文伯回来我为何叫□他带来的呢）。

过了夏天我要搬家，现在房子太大，虽然俩〔两〕处住，总觉得不便利，还是一个人住的清静。志摩时常在家，我常常见着他的，谁说没有鬼，没有灵？他何时来何时去我都知道，他这几天在那里生病，人非常的瘦，我一切都知道，只是我们不能讲话，也不能通信，我去的他能见，他不能来，这也是人生的恨事，你是不信神鬼的，我现在一切都信，许多怪事也不要说了，好在你不信。

我托老邓的事他因何不办，多少钱请你先付，我即刻寄去，请你给我买一点旧纸，好墨，旧颜色，我现在一天到晚心都在画上，古〔故〕宫的画真想看看去。

精神现在还好，不过也胖不了，药还是不断的吃，离了药瓶□□□□□□□□□□你身体好罢，盼你在忙中分出几分中〔钟〕给我写几行，说说你的近况。

太太前问候

小曼上

（六）

先生：

一天亦不得闲！真是烦死我了。今天本想在家做点事情，那〔哪〕知又不能如愿，现在又得出去赴一点免不了的茶会，是从前的老同学从美国回来的，要想静静的同你谈谈亦不得机会，无味得狠〔很〕，我想你今天一定来的，我又不能在家，你说巧不巧！早晨张道宏同一个杨先生来坐了许久，腻烦得我只想哭，一个人活着就有这些无味的事，你躲不了的。

昨天同三舅母俩〔两〕个去看电影，见着慰慈同梦绿，他俩对我的样子使我心里非常的难受，可惜慰慈没有接到我寄出外国的那封信，不然他一定明白我了，他只想同我一起玩，她又不乐意，为了一个朋友为甚么叫他们夫妻生意间〔见〕呢？有机会望你同慰慈谈谈，活在世上就有许多不如意的事，人间有一个十分满意的人么？明天千万来，我现在要走了，不放心你，写一个字条让你知道，我今晚七、八点回家。

小曼

该信发表在1932年3月24日上海《晶报》上。徐志摩失事后不久，有人传陆小曼前夫王赓仍时有往还于小曼居所，陆小曼故致信该报澄清。

致《晶报》

大雄[①]先生阁下：

久不聆教，甚系下怀，兹有一事，烦请先生在贵报借我寸地，赐予披露，则不胜感激之至。曼自去志摩遇难，心碎肠裂，万念俱灰，一病月余，今始初离药炉，近为志摩编排遗稿，及学习书画等事。朝夕埋头于纸墨之间，足不出户者已有数月，几不知槛外为何世矣。□各报因兢载王赓被捕事，间有涉及曼之处，不胜骇异。窃曼与王赓离异六年，至今绝无往来，而各报有谓曼仍与王青鸟往还。又有谓曼向各方营救王赓，甚至有谓与彼重赋同居之雅。此种捕风捉影之谈，无非好事者所为，本不足一辩。惟恐各界误听讹传，名誉所关，万难缄默。素仰先生为志摩至好，望将此信即日披露，以释群疑，存殁□感。只颂撰安，陆小曼谨启。

---

① 即《晶报》主持人余大雄。

陆小曼溪边留影

该信发表于1946年3月22日《飘》（上海当地报纸）第12版。根据信中内容，陆小曼写信对象应为其好友赵清阁。

致某作家

怨恨着另一种生活

还是麻木一点好

在病中接到你的信，又喜又慰，欲复不能，更添惆怅，只能躺在床上干着急。脑子里像流水般的转，久已麻木了的心神，又好似有了感觉似的。这是我几年来从未有过的现象。我自从那天初次同你见面后，就觉得你是一个狠〔很〕可亲近，可吐肺腑的朋友。你好像一枝白梅，吐出一阵清淡芬芳，使我久处在污浊空气中的脑子，得到无限的安慰，我感到欣幸，送你走出大门，回进屋子里，我静默了好久，我说不出是怎样的一种味儿，我本想就去看你，再度细谈，可是一二天之后我就病了，因为每冬我必发气喘咳嗽病，那几天正是冷得利〔厉〕害，所以旧病又来了。本来冬天是最对我不相宜的，去年一冬，我也没有出过大门，今年我希望开了春，我可以出去换换空气，到时候一定第一个就先去看你，虽然这几个月中你我只见过一次，可是我好似你我神交已久似的，古人相交不在密，现在我才懂得其中之味，我真想再见你一次，你的大作更使我快慰，你写得太好了，我一直闷在心里的，所要说而不敢说的话，你已经都给我说了出来，我真感谢你十二分。十几年来我觉一切都是空虚，一切的事我都看得太清楚，所以反而觉到一切都是无所谓，因此我的心神一天天往下沉，快沉到没有影儿了，现在你给了我一种特别兴奋，使我死了的一切又有一点复活的希望了。近来我很想写东西，我睡在床上的时候，我脑子里想着许多可写的东西，只是手无力提笔，只好对着孤灯愁恨，不知那〔哪〕一天我可以再有康健，现在我已不想残灭自己了，从此我决定好好的养我的身心，预备今春好好做点事情，你给了我不少勇气啊。

现在我已经好了几天了，我希望不日能去看你，好好的谈谈，近来晚间失眠，闭着眼的时候常常同你作遍面谈话，真可笑。近年来我对朋友们都是很随便的，他们来看我也好，离开我也无所感，只有你，奇怪，时常挂在我的心里，你是值得钦佩，不是我有意的赞颂你，我以后一定想同你做一个不平常的朋友，不知你意如何？我不能常出门是一憾事，可是我又不敢希望你来，我也不愿意你受到寒风侵害，虽然你的体格比我好，我只有希望以后常通信，我最好写信，可是自从志摩走后，我简直可说没有写过甚么有意义的信，今天你又给了我兴趣，可惜这几天太乱，病后有许多朋友来看我，又有许多麻烦的家事，这封信还写了三次才写到此，时间又不能让我写下去了，我内心的话真是写不尽的，可是手不让我再写下去了，不然我有〔又〕得滔滔不绝的写呢！真的，与一个知音者写信，是最有意义的一件事情。

前些日是志摩的五十庆，我本想写一篇东西为志，惜在病中不能如愿，只有自己怨恨自己而已，全集又未能如愿出现，真使我说不出忧恨，咳！不谈了，以前的一切不用谈了，反正我现在是过着又是一种的生活，还是让脑子麻木一点好，我希望最近能见到你，或是得到你的回信，别的见面再谈罢！

久不写信，写得不像话，望你不要见笑，有意教我，再见，祝你快乐！

卷四 · 小说

1946年，43岁的陆小曼应赵清阁之约，写了小说《皇家饭店》。该小说发表于赵清阁主编的《无题集——中国现代女作家小说散文选》（1947年晨光图书公司出版），书中齐集当时名噪一时的女作家，如凌叔华、苏雪林、白薇等。赵清阁评价该小说“描写细腻，技巧新颖，读之令人恍入其境，且富有戏剧意味”。

皇家饭店

婉贞坐在床边上眼看床上睡着发烧的二宝发愣，小脸烧得像红苹果似的，闭着眼喘气，痰的声音直在喉管里转，好像要吐又吐不出的样子。这情形分明是睡梦中还在痛苦，婉贞急得手足无措，心里不知道想些甚么好，因为要想的实在太多了。

婉贞是一个受过高等教育的女孩子，只是一毕业出校，就同一个同学叫张立生的结了婚。婚后一年生了一个女孩子，等二宝在腹内的时候，中日就开了战。立生因为不能丢开她们跟着机关往内地去，所以只好留在上海。可是从此她们的生活就不安静起来了。二宝出世，他已经忍辱到伪机关做了一个小职员而维持家庭生活。一家五口人单靠薪水的收入，当然是非常困难的，于是婉贞也只好亲自操作。一天忙到晚，忙着两个孩子的吃穿，琐事。立生的母亲帮她烧好两顿饭，所以苦虽苦，一家子倒也很和顺的过着日子。

今年二宝已经三岁了，可是自从断奶以后，就一直闹病，冬天生了几个月的寒热症，才好不久又害肺炎。为了这孩子，他们借了许多债。最近已经是处于绝境了，立生每天看着孩子咳得气喘汗流的，心里比刀子割着还难受。薪水早支过了头，眼瞧孩子非得打针不可，西医贵得怕人，针药还不容易买。所以婉贞决定自己再出去做点工作，贴补贴补。无奈，托人寻事也寻不着。前天她忽然看见报上登着皇家饭店招请女职员的广告，便很高兴。可是夫妻商量了一夜，立生觉得去做这一类的工作似乎太失身份。婉贞是坚决要去试一下，求人不如求己，为了生活，怕甚么亲友的批评！于是她就立刻拿了报去应试。

皇家饭店是一个最贵族化的族馆，附有跳舞厅，去的外宾特别多，中国人只是些显宦富商而已。舞厅的女子休憩室内需要一位精通英语专管室内售卖化妆品与饰物的女职员。

婉贞去应试的结果，因为学识很好，经理非常看重她，叫她第二天就去做事。可是昨天婉贞第一晚去工作之后，实在感到这一类事情是不适合她的个性的，她所接触的那些女人们都是她平生没有见过的；在短短的几个钟头以内，她好像走进了另一个世界，等到夜里十二点敲过，她回到家里，已经精神恍惚，心乱得连话都讲不出来了。立生看到她那样子，便劝她不要再去了，婉贞也感到夜生活的不便，有些犹豫。可是今天看见二宝的病仍不见好；西医昨天开的药方，又没有办法去买，孩子烧得两颊飞红，连气都难透的样子，她实在不忍坐视孩子受罪而不救。她一个人坐在床前呆想：今晚上如果继续去工作，她就可以向经理先生先借一点薪水回来，如果不去，那不是一点希望都没有了么？所以她一边向着孩子看，一边悄悄的下了决心。看看手上的表已经快七点了，窗外渐渐黑暗，她站起来摸一摸孩子头上的温度，热得连手都放不上。她心里一阵发酸，几乎连眼泪都流下来，皱一皱眉，摇一摇头，立起身来就走到梳妆台边，拿起木梳将头发随便梳了两下，回身在衣架上拿起一件半旧的短大衣往身上一披，走向里房的婆婆说：

"妈，你们吃饭别等我，我现在决定去做事了，等我借了薪水回来，明儿一天亮就去替二宝买药！回头立生您同他说一声罢！"

婉贞没有等到妈的回答就往外跑。走出门口跳上一部黄包车，价钱也顾不得讲，就叫他赶快拉到大马路皇家饭店。在车上，她心里一阵难过，眼泪直往外冒！她压抑不住一时的情感！她也说不清心里是如何的酸，她已经自己不知道有自己，眼前晃的只是二宝的小脸儿，烧得像苹果似的红，闭着眼，软弱地呼吸，这充分表示着孩子已经有点支持不了的样子！因此，她不顾一切，找钱去治好二宝的病，她对甚么工作都愿去做。至于昨晚夫妻间所讲的话，她完全不在心里，现在她只怕去晚了，经理先生会生气，不要她做事了，所以她催着车夫说：

"快一点好不好，我有要紧的事呢！"

"您瞧前面不是到了么？您还急甚么！"车夫也有点奇怪，他想这位太太大约不认识路，或是不认识字，眼前就是"皇家饭店"的霓红灯在那里灿烂的发着光彩呢！

婉贞跳下车子，三步并作两步的往里跑，现在她想起昨晚临走时，经理曾特别叫她明天要早来，因为礼拜六是他们生意最好的一天，每次都是很早就客满的。她想起这话，怕要受经理的责备，急得心跳！果然，走进二门就看见经理先生已经在那里指手画脚的乱骂人了，看见她走进来，就迎上前去急急的说：

“快点，王小姐！你今天怎么倒比昨天晚呢！客人已经来了不少，小红她已经问过你两次了，快些上去罢。”

经理的话还没有说完，婉贞已经上了楼梯，等她走进休憩室，小红老远就叫起来了。

“王小姐，您可来了，经理正着急哩，叫我们预备好！我们等你把粉、口红都拿出来，我们才好去摆起来呢，你为甚么来的这么晚呢?”

婉贞也没有空去回答小红的话，急忙走到玻璃柜面前开了玻璃门，拿出一切应用的东西，交给小红同小兰，叫她们每一个梳妆台前的盒子内都放一点粉，同时再教导她们等一忽儿客人来的时候应该怎样的接待她们。

小红与小兰也都是初中毕业的学生，英语也可以说几句，因为打仗，生活困难，家里没有人，只好弃学出外做事。婉贞虽然只有昨晚才认识她们，可是非常喜欢她们的天真活泼。尤其是小红，生得又秀丽又聪明，说一口北京话。昨晚上一见面就追随着婉贞的左右，婉贞答应以后拿她当妹妹似的教导。所以婉贞今天给了她东西之后，看见她接着高高兴兴走去的背影，暗暗的低头微笑，心里感到一阵莫名的欣慰，连自己的烦恼都一时忘记了。婉贞将她自己应做的事也略加整理，才安闲的坐到椅子上，深深的吐了一口气，对屋子的周围看了一眼，几台梳妆台的玻璃镜子照耀着屋子里淡黄的粉墙上，放出一种雅洁的光彩，显得更是堂皇富丽。这时静悄悄的一点声音也没有，除了内室小红与小兰的互相嬉笑外，空气显得很闷。于是婉贞又想起来她的病着的二宝了。她现在脑子里只希望早点有客人来，快点让这长夜过去，她好问经理借了薪水去买药，别的事情都不在心上了，她想这个时候立生一定已经回家了，他会当心二宝的。她记得昨夜刚坐在这把椅子上时，她感到兴奋，她感到新奇，她眼前所见所闻的都是她以前所没有经历过的，所以她像刘老老〔姥姥〕进了大观园似的，一切都感兴趣。她简直有一点开始喜欢她的职业了，这种庞大美丽的屋子，当然比家里那黑沉沉毫无光线的小屋子舒服得多，可是后来当她踏上黄包车回家的时候，情绪又不同了，她觉得这次她所体验的，却是她偶然在小说里看到而认为决不会有的事实，甚而她连想也想不到的。所以使得她带着一颗惶惑、沉重的心，回到家里，及至同立生一讲，来回的细细商酌一下，认为这样干下去太危险了，才决定第二天不再来履行职务了。谁知道今天她又会来坐到这张椅子上。现在她一想到这些，就使她有些坐立不安！

这时候门外一阵嬉笑的声音，接着四五个女人推开了门，连说带笑的闯了进来，乱嘈嘈的都往里间走，只有一个瘦长的少妇还没有走进去，就改了主意，一个人先向外屋的四周看了一眼，向婉贞，静静的看了一会儿，然后慢步走向梳妆台，在镜子面前一站，看着镜子里自己那丰满的面庞，同不瘦不胖的身段，做了一个高傲的微笑，再向前一步，拿起木梳轻轻的将面前几根乱发往上梳了一梳，再左顾右盼的端详一会儿，低头开了皮包拿出唇膏再加上几分颜色，同时口里悠悠然的轻轻哼着“起解”的一段快板，好像身边一个人也没有似的。这时候里间又走出来一位穿了紫红色长袍的女人，年纪要比这位少妇大五六岁的样子，一望而知是一位富于社会经验的女子，没有开口就先笑的神情，曾使得每个人都对她发生好感。她是那么和蔼可亲，洁白的皮肤更显得娇嫩。她一见这位少妇在那儿哼皮黄，就立刻带着笑容走到她的身边，很亲热的站在她背后，将手往她肩上一抱，看着镜子里的脸庞说：

“可了不得！已经够美的了，还要添颜色做甚么，你没有见乔奇吃饭的时候两个眼睛都直了么？连朱先生给他斟酒他都没有看见。你再化妆他就迷死了！快给我省省罢！”

“你看你这一大串，再说不完了。甚么事到了你嘴里，就没有个好听的。你倒不说你自己洗一个脸要洗一两个钟头，穿一件衣服不知道要左看右看的看多久！我现在这儿想一件事情！你不要乱闹，我们谈一点正经好不好？”

“你有甚么正经呀！左不是又想学甚么戏，做甚么行头，等甚么时候好出风头罢咧！”那胖女人说着就站了起来走到镜子面前，拿着画眉笔开始画自己的眉毛。

“你先放下，等一会儿再画，我跟你商量一件事情。”那瘦的一个拉了她的手叫她放下。

那胖的见瘦的紧张的样子，好像真有甚么要紧的事，就不由得放下笔随着她坐到椅子上底〔低〕声的问：

“到底甚么事?”

“就是林彩霞——你看她近来对我有点两样，你觉得不？你看这几次我们去约她的时候，她老是推三推四的不像以前似的跟着就走。还有玩儿的时候她也是一会儿要走要走的，教戏也不肯好好儿的教了，一段苏三的快板教了许久了！这种种的事，都是表现勉强得很，绝对不是前些日子那么热心了。”

那胖女人一边儿听着瘦的说话，一边儿脸上收敛了笑容，一声也不响的沉默了几分钟才抬起头来低声回答说：

“对了，你不说我倒也糊里糊涂，你说起来我也感觉到种种的改变，刚才吃饭时候我听她说甚么一个张太太——见面一共只有三次，就送他〔她〕一堂湘绣的椅披，又说甚么李先生最近送她一付〔副〕点翠的头面。我听了就觉得不痛快——好像我们送她的都不值得一提似的，你看多气人!”

“可不是？戏子就是这样没有情义，所以我要同你商量一下，等一会她们出来了又不好说。从今以后我们也不要同她太亲热，随便她爱来不来，你有机会同李太太说一声，叫她也不要太痴了，留着咱们还可以玩点儿别的呢！别净往水里掷了，你懂不懂?”

她们二人正在商量的时候，里间走出来了三个她们的同伴，一个年纪大一点的，最端庄，气派很大，好像是个贵族太太之流，虽然年纪四十出外，可是穿得相当的漂亮，若不是她眼角上已经起了波浪似的皱纹，远远一看还真看不出来她的岁数呢！还有一个是北方女子的打扮，硬学上海的时髦，所以叫人一看就可以看出来不是唱大鼓就是唱戏的。走起路来还带几分台步劲儿呢！还有一位不过卅岁左右，比较沉着，单看走路就可以表现出她整个儿的个性——是那样的傲慢，幽静。等到那年纪大的走到化妆镜台边的时候，她还呆呆的在观看着墙上挂的一幅西洋风景画。

“你看你们这两个孩子！一碰头就说不完，哪儿来的这么多的话儿呢！背人没有好话，一定又是在叽咕我呢，是不是?”那贵妇人拉着瘦妇人的手，对着胖的女人一半儿寻开心一半儿正经的说。

这时候那两个女人就拉着贵妇人在她耳边不知说些甚么。那位林彩霞在一出房门的时候，就首先注意到婉贞面前的那个长玻璃柜，因为柜子里面的小电灯照耀着放在玻璃上的金的银的红的绿的种种颜色，更显得美丽夺目，她的心神立刻被吸引住了，也顾不得同她们讲话就一个人走过来了。先向婉贞看了半天，像十分惊奇的样子，因为她是初次走进这样大规模的饭店。在休憩室内还出卖一切装饰品，这是她没见过的，她不知道对婉贞采用甚么态度说话，只有瞪着柜子里的东西，欲问又不敢问。婉贞向她微微一笑说：

“要用甚么请随便看罢！”

林彩霞听着婉贞说了话，使她更不知道怎样回答才好，只得回过头去叫救兵了。

“李太太，您快来，这个皮包多好看呀！还有那个金别针！”

林彩霞一边叫一边用手招呼另外两个女人。李太太倒真听话，立刻一个人先走过来，狠〔很〕高兴的请婉贞把她要的东西拿出来看。婉贞便把她们所要看的东西，都拿了出来放在玻璃上，将柜台上的小电灯也开了，照得一切东西更金碧辉煌。林彩霞看得出了神，恨不得都拿着放到自己的小皮包里，可是自己估计没有力量买，所以脸上有一种说不出来的异样表情，看看李太太，再回头看看才走过来的两位，满面含着笑容的说：

“李太太！王太太！你们说哪一种好看呀？我简直是看得眼睛都花了，我从来没有看见别的地方有这些东西，大约这一定是外国来的罢！”

这时候那瘦女人走到林彩霞身边，拿着金别针放在胸口上，比来比去，狠〔很〕狡猾的笑着说：

“林老板！你看！带〔戴〕在你身上更显得漂亮了，你要是不买，可错过好机会了。我看你还是都买了罢，别三心二意了。”说完，她飞了一媚眼给李太太同那胖女人。

李太太张着两个大眼带着不明白的样子看着她，那一个胖的回给她一个微笑，冷冷的说：

“可不是！这真是像给林老板预备的似的，除了您林老板别人不配用，别多说费话罢！快开皮包拿钱买！立刻就可以带上。”

可怜的林彩霞，一只手拿着皮包不知道怎样才好，她绝想不到那两位会变了样子，使她窘得连话都说不来了。平常出去买东西的时候，不要等她开口，只要她表示喜欢，他们就抢着买给她的。绝对不像今天晚上这种神气。就是李太太也有点不明白了，婉贞看着她们各人脸上的表情，真比看话剧还有意思。她倒有点同情那个戏子了，觉得她也怪可怜相的。

这时候李太太有点不好意思了，走过来扶着林彩霞的肩膀，笑着说：

“林老板，您喜欢那〔哪〕一种，你买好了，我替你付就是，时候不早了，快去跳舞罢。跳完了舞你不是还要到我家里去，教我们‘起解’的慢板么?”

林彩霞听着这话，立刻眼珠子一转，脸上变了，一种满不在乎的笑，可是笑得极不自在的说：

“对了对了，你看我差一点儿忘了，我还要去排戏呢!”她一边说 边就转身先往外走，也不管柜台上放着的东西，也不招呼其余的人，径自出去了。这时候李太太可急了，立刻追上去拉她说：

“噫，林老板！你不是答应我们今儿晚上跳完舞到我家里去玩个通宵的么？怎么一会儿又要排戏呢？”

那瘦女人向胖女人瞟了一眼，二人相对着会心一笑，对婉贞说了一声“对不住”就跟着低声叽叽咕咕的说着话走出去了。婉贞看着她们这种情形，心里说不出的难过，想到她们有钱就可以随便乱玩，而她不要说玩，就是连正经用途也付不出，同是人就这么不平等。

她正胡思乱想，门口已经又闯进来一个披着黑皮大衣的女人。一进来就急急忙忙将大衣拿下交给站在门口的小红，嘴里一直哼着英文的风流寡妇调儿。走到镜台前时，婉贞借着粉红色的灯光细看了看她，可真美！婉贞都有点儿不信，世界上会有这样漂亮的女人！长得不瘦不胖不长不短，穿了一身黑丝绒的西式晚礼服，红腰，长裙，银色皮鞋。衣领口稍微露出一点雪白的肉，脸上洁净得毫无斑痕，两颗又大又亮的眼睛表现出她的聪明与活泼。她亭亭玉立的站在镜台面前梳着两肩上披下来的长发，实在动人！她好像有点儿酒意，笑眯眯的看着镜子做表情，那样子好像得意的忘了形！可是从她的眼神里也可以看出她的心相当的乱。这时候她忽然把正在加唇膏的手立刻停下来，而对着那只结婚戒指发愣！脸上现出一种为难的样子，大约有一分钟工夫，她才狡猾的微笑着将戒指取下来，开开皮包轻轻的往里面一掷。当她的皮包还没有关上的时候，门口又走进来一个女人，年纪很轻，也很漂亮，看到梳妆台前的女人，立刻吐了一口气，拍着手很快活的说：

“你这坏东西！一个人不声不响的就溜了，害得我们好找，还是我猜着你一定在这儿，果然不错。你在这儿做甚么呀？”

“哈噜！玲娜！”那黑衣女郎回过头来很亲热的说：

“你知道我多喝了一杯酒，头怪昏的，所以一个人来静一会儿，害得你们找我，真对不起！”

“得啦，别瞎说了，甚么酒喝多了，我知道你分明是一个躲到这儿来用脑筋了！不定又在出甚么坏主意了，我早就明白，小陈只要一出门，就都是你的世界了！好，等他回来我一定告诉他你不做好事——你看你同刘先生喝酒时候的那副眼神！向人家一眯一瞟的害得人家连话都说不出来了，我看着真好笑！”

“得了得了，你别净说我了，你自己呢！不是一样吗？以为我不知道呢！你比我更伟大，老金在家你都有本事一个人溜出来玩，谁不知道你近来同小汪亲近的不得了，上个礼拜不是他还送你一只皮包么？我同刘先生才见了两次面，还会有甚么事？你不要瞎说八道的。”

黑衣女郎嘴里讽刺她的女伴，一只手拿着木梳在桌子上轻轻的敲着，眼睛看着镜子，好像心里在盘算甚么事似的。那一个女人听罢她的话立刻面色一变，敛去了笑容说：

“你也别乱冤枉人，我是叫没有办法。我们也是十几年的好朋友了，谁也不用瞒谁，我是向来最直爽，心里放不下事的人，有甚么都要同你商量的，只有你才肯说真话呢！你要知道老金平常薪水少，每月拿回家来的钱连家里的正经用途都不够，不要说我个人的开支了，所以我不得不出来借着玩儿寻点外块。现在我身上穿的用的差不多都是朋友们送的。”

“谁说不是呢！你倒要来说我，我的事还不是同你一样，我比你更苦，你知道我的婚姻是父母订的，我那时还小，甚么都不懂，这一年多下来，我才完全明白了，他赚的钱也是同你们老金一样。家里人又多，更轮不着我花。所以我只有想主意另寻出路，我才不拿我的青春来牺牲呢，不过你千万不要同他多讲，晓得不?”

“对了，你比我年轻，实在可以另想出路，我是完了，又有了孩子，而且是旧式家庭，一点办法都没有，只好过到哪儿算哪儿了。现在我们别再多谈了，回头那刘先生等急了。这个人倒不坏，你们可以交交朋友。”说完了，她立刻拉着黑衣女郎，三步两步的跳了出去。

婉贞看着她们的背影发愣，她有点怀疑她还是在看戏呢？还是在做事？怎么世界上会有这么许多怪人！

她正在迷迷糊糊的想着，忽然开门的声音惊醒了她，只见一个少女，像一个十七八岁还没有出学校门似的。急匆匆的，晃晃荡荡的好像吃醉了酒连路都走不成的样子，连跑带逃的撑着了沙发的背，随势倒在里面，两只手遮住了自己的脸，两肩耸动着又像是哭，又像是喘。婉贞吓了一跳，忙站起来走到她面前，看了一会儿，问她：

“你这位小姐是不是不舒服？要不要甚么？”

这时少女慢慢的将两手放下来，露出了一只白得像小白梨似的一张脸，眼睛半闭着说：

“谢谢你的好意，可不可以给我一点水喝，我晕得利〔厉〕害。”

婉贞立刻走到里间屋门口，叫小红快点倒一杯开水来。再走回去斜着身体坐在沙发边上，摸摸少女的手，凉得像冰，再摸一摸她的头上却很热。这时候小红拿来了水，婉贞一手拿着杯子，一手扶起少女的头，那少女喝了几口水，再倒下去闭着眼，胸口一起一伏，好像心里很难过的样子，不到几分钟，她忽然很快的坐起来，向小红说：

“谢谢你！请你到门外边去看看有没有一个穿晚礼服的男人，手里还拿了一件披肩？”

少女说完又躺下去，闭着眼，两手紧紧握着，好像很用力在那儿和痛苦挣扎似的。这时小红笑着走回来带着惊奇的样子说真有这样一个人在门外来回的走着方步呢！

少女听见这话，立刻坐了起来，低着头用手在自己的头发上乱抓，足趾打着地板，不知道要怎样才好。婉贞看得又急又疑，真不知她是病，还是有甚么事？

“你觉得好一点了么？还有甚么事可以要我们替你做的么？”

“谢谢你们，我已经可以支持了，只让我再静一会儿，就好了。”

婉贞听她这样讲，只好用眼睛授意小红，叫她走开。自己也走回坐〔座〕位。她想，这是怎么一回事呢？那少女心里有甚么困难吗？像她这样的难过，简直是受罪不是出来玩儿的！那么又何苦出来呢！婉贞这时候真感到不安，好像屋子里的空气忽然起了变化，她连气都快喘不过来了。可是她还忘不了那少女，还是眼睛死盯着她看。

这时候少女坐在沙发里两手托着下腮，低着头看着地板，一只脚尖在地板上打着忽快忽慢的拍子，很明显的表现出她内心的紊乱。那身子忽伸忽缩的，好像又想站起来，又不要站起来，连自己都不知道怎样安排自己的好！可怜一张小脸儿急得一阵红一阵白的，简直快哭出来的样子。一忽儿看看手上的表，皱皱眉，咬咬牙，毅然站了起来，仿佛心里下了一个决断，三步两步走到镜子面前，随手拾起桌上的木梳，将纹乱的头发稍微的理一下，再去打开自己的皮包。这时已经觉得头晕得站不住了，只好一手扶着桌子，闭起眼睛停了一会儿，然后再睁开晃来晃去的往门外走。婉贞想要赶上前去扶她一下，可是没有等得婉贞走到一半，她早到了门口，同时正有三五个人抢着进来，所以两下几乎撞个满怀。婉贞一看见那进来的一群人，吓得立刻转身回到了自己的位子上，因为她看到其中有一个胖胖的王太太，昨天也来过的，并且还同她讲了许多话，表示很想同她做一个朋友，还很殷勤的约她今天到她家里去吃饭。当时她虽然含糊的答应了这王太太，后来就忘得干干净净了，现在一看见她倒想起来了，唯恐她要追问。婉贞真有一点怕她那一张流利快口，她希望今晚上不要再理她才好，想躲开又没地方躲。

那进来的一群人之间，除了那个胖王太太比较年纪大一点之外，其余都是很年轻的都打扮得富丽堂皇，都带〔戴〕满了钻石翡翠，珠光宝气的明显都是阔太太之流。只有一个少女，一望而知是一个才出学校不久的姑娘，穿的衣服也很朴素，那态度更是显然的与她们不配合，羞答答的跟在她们后头，好像十分不自然，满面带着惊恐之神，看看左右的那几位阔太太，想要退出去，又让她们拉着了手不放松，使得她不知道怎样才好。婉贞这时候看着她们觉得奇怪万分，她想这不定又是甚么玩艺儿呢！

胖王太太好像是一个总指挥，她一进来就拉了还有一位年纪比较稍大一点的——快卅出头，可是还打扮像廿左右的女人，穿了一件黑丝绒满滚着珠子边的衣服，不长不短，不胖不瘦，恰到好处。雪白的皮肤，两颗又黑又亮的大眼睛，但笑起来可不显得太大，令人觉得和蔼可亲。胖王太太拉着她走向镜台，自己坐在中间那张椅子上，叫她坐在椅背上，笑嘻嘻的看着那三位正走进了里间，她很得意的向着同伴说：

“张太太！你看这位李小姐好看不好看？咳！为了陈部长一句话，害得我忙了一个多礼拜，好不容易，总算今天给我骗了来啦，回头见了面还不知道满意不满意呢？真不容易伺候！”

“好！真漂亮，只要再给她打扮打扮，比我们谁都好看。你办的事情还会错么？你的交际手腕是有名的，谁不知道你们老爷的事情全是你一手提携的呢！听说最近还升了一级！这一件事情办完之后，一定会使部长满意的，你看着罢！下一个月你们老爷又可以升一级了。”

那位张太太在说话的时候就站了起来，面对着胖王太太靠在镜台边上，手里拿着一支香烟，脸上隐含冷讥，而带着一种不自然的笑，眼睛斜睨着口里吐出来的烟圈儿，好像有点儿看不起同伴的样子。胖王太太是多聪明的人，看着对方的姿态，眼珠一转就立刻明白了一切，对张太太翻了个白眼，抬起手来笑眯眯的要打她的嘴，同时娇声的说：

“你看你！人家真心真意的同你商量商量正经事情，倒招得你说了一大串废话！别有口说人没有口说自己，你也不错呀，你看刘局长给你收拾得多驯服，叫他往东他不敢往西，只要你一开口要甚么，他就惟命奉行，今儿晚上他有紧急会议都不去参加，而来陪着你跳舞，这不都是你的魔力么？还要说人家呢！哼！”

胖太太显然的有点儿不满同伴的话，所以她立刻报复，连刺带骨的说得张太太脸上飞红，很不是味儿，可是又没有办法认真，因为她们平常说惯了笑话的，况且刚才又是自己先去伤别人的，现在只好放下了怒意，很温和的笑着，亲亲热热的拉住了胖王太太伸出来要打她嘴的那支〔只〕手，低声柔气的说：

“你瞧，我同你说着玩儿的几句笑话，你就性急啦，你不知道我心里多难过！我也很同情你，我们还不是一样？做太太真不好做，又要管家的事情，又要陪着老爷在外边张罗，一有机会就得钻，一个应付得不好，不顺了意，还要说我们笨。坏了他们的事，说不定就许拿你往家里一放，外边再去寻一个，你说对不对？你看我们不是一天到晚的忙！忙来忙去还不是为了他们？有时想起来心里真是烦!”

胖王太太这时候坐在那里低着头静听着同伴的话，很受感动！并撩起了自己的心事，沉默着甚么也说不出来了，可是时间不允许她再往深里想，里间屋的人已经都走出来了，一位穿淡蓝衣服的女人头一个往外走，脸上十分为难的样子叫着：

“王太太！你快来劝劝罢！我们说了多少好话李小姐也不肯换衣服，你来罢！要看你的本事了。”

第二个走出来的是那位淡装〔妆〕的少女，身边陪着一位较年轻的少妇。那少女脸上一点儿也不擦粉，也不用口红，可是淡扫蛾眉，更显清秀，头发也不卷，只是稍儿上有一点弯曲。穿了一件淡灰色织绵的衣服，态度大方而温柔，自从一进门，脸上就带着一种不自然的笑，在笑容里隐含着痛苦，好像心里有十二分的困难不能发挥出来。这时候她慢慢的走到王太太面前低声的说：

“王太太！实在对不起您的好意，我平常最不喜欢穿别人的衣服，我不知道今天要到跳舞场来，所以我没有换衣服，这样子我是知道不合式〔适〕的，所以还是让我回去罢！下次我预备好了再来好不好？况且我又不会跳，就是坐在那儿也不好看的，叫人家笑话，于您的面子也不好看！”

少女急着要想寻机会脱身，她实在不愿和她们在一起，可是她又不得不跟着走。胖王太太是决心不会放她的，无论她怎样说，胖王太太都有对付的方法。胖王太太立刻向前亲热的拉着她的手说：

“不要紧！李小姐。不换也没有关系，就穿这衣服更显得清高，你当然不能打扮得像我们这样俗气，你是有学问的，应当两样些，反正不下去跳舞，等将来你学会了跳舞再说好了。不过你的头发有点儿乱！你过来我给你梳一梳顺，回头别叫外国人笑我们中国人不懂礼貌，连头发都不理！你说对不？”

胖王太太不等对方拒绝就先拉着往镜台边走，一下就拿李小姐硬压着坐在镜子面前拿起梳子，给她梳理。李小姐急得脸都涨红了，十分不高兴的坐了下来，可是要哭又哭不出，那种样子真叫人看了可怜！婉贞坐在椅子上看得连气都透不过来了，恨不能过去救她出来，这时候她已经看明白她们那一群人的鬼〔诡〕计，暗下庆幸自己昨晚没有钻入圈套，因为昨晚王太太约她今天到她家去吃饭，也不是怀好意的。因此她痛恨她们！她同情李小姐，她想找一个机会告诉她，可是她怎样下手呢！正在又急又乱的当儿，她听见李小姐在那里哀声的说：

“王太太，您别费心了，我的头发是最不听话，一时三刻的叫他〔它〕改样子是不行的，您白费功夫，反而不好看，我看还是让我回去罢！我母亲不知道我到舞场来，回头回去晚了她要着急的，她还等着我呢！我们出来的时候您只告诉她去吃饭，她还叫我十点以前一定要回去的，还是让我走罢！下次说好了再陪你们玩好不好？”

“别着急，老太太那面我会去说的，等一会儿，跳完了我一定亲自送你回去，到伯母面前去告罪，她一定不会怪你的，”王太太在那儿一面梳一面说，同时还要飞眼给张太太，叫她快点去买一个别针来，她这儿只要有一个别针一别就好了，张太太立刻明白了王太太的意思，走到婉贞柜子边上，叫婉贞拿一个头上的别针，再拿一支口红，一个金丝做成的手提包。一面问多少钱，一面从包里拿出一大卷钞票，一张张的慢慢数着。

婉贞虽然手里顺着她说的一样样的搬给她，可是心中一阵阵的怒气压不住的往上直冲，恨不能立刻离开这群魔鬼，她看透了她们的用意，明白了一切，怪不得昨天那位王太太十分殷勤的同她讲话，一定要请她今天去她家吃饭，要给她交一个朋友。她昨天还以为她是真的诚意来交朋友呢！现在她才明白了她们的用意，大约她们也有所利用她的地方。心里愈想愈气，连张太太同她说话她都一句没听见，心里只想如何能将她们这一群鬼打死，救出那位天真的小姑娘才好。这时候她只听得面前站着的张太太拼命的在那儿叫她：

“唷！你这位小姐今天是怎么一回事呀！是不是有点儿不舒服呢？怎么我同你连说了几遍，你一句也没有听见呀？”张太太软迷迷的笑着对婉贞看，好像立刻希望得她一个满意答复。

婉贞想要痛痛快快的骂她几句，可是又不知如何说法，只得将自己的气往下压。在礼貌上她是不得不客客气气的回答她，因为这是她职位上应当做的事情，可是再叫她低声下气的去敷衍是再也办不到的了。她的声调已经变得自己都强制不了，又慢又冷的说：

“好罢！你拿定了甚么，我来算多少钱好了。”

张太太也莫名其妙的，只好很快的将别针等交给婉贞算好了钱，包也不包拿了就走。她只感到婉贞有点不对，可是她也不明白是怎么一回事，心想还是知趣一点少说话罢！婉贞呢？这时候的心一直缠在那位小姑娘身上，她要知道到底是否被她们强拉着走了，这时候她再往前看，只看见那位王太太已经很得意的将头发给她梳好了。当然是比原来的样子好看得多，可是那小姑娘一点也没有注意到，她只是低着头愁眉苦脸的沉思着，王太太在旁边叽叽咕咕讲了许多赞美的话，她一句也好像没有听见，想了半天忽然抬起头来满脸带着哀求的样子，又急又恨的说：

“王太太！请你不要再白费时间了，你看这时候已经十点多，快十一点了，我再不回去母亲一定要大怒，您别看我已经是长得很大的人了，可是我母亲有时候还要（像）小孩子一样的责打我呢！我们的家教是很严的，又是很顽固的，我父亲在上海的时候，哥哥读到大学还要招打呢！我女孩子家更不能乱来，这次若不是为了父亲在内地，家用不能寄来，我母亲决不会让我出去做事情的，事前她已经再三的说过，叫我不要到外边来交朋友，如果不听她的话，她会立刻不让我在外面工作的。所以您还是让我回去！您的好意我一定心领，等过几天我同母亲讲好了，再出来陪你玩，不然连下次都要没有机会出来的。”

胖太太听着她这一段话，心里似有所动，静默了一分钟，深思一刻，立刻脸上又变了，像下了决心一定不肯放松这个机会，急忙拉着她的手，像一个慈母骗孩子似的，放低了声调，用最和暖的口气，又带着哀求的样子说：

“得了！我的好小姐，你别再给我为难了，就算你赏我一次面子，我已经在别人面前说下了大话，别人请不到的我一定请得到，你这么一来不是叫我难为情么？”说到此地，再将声音放低着好像很郑重似的——“况且等一忽儿部长还亲自来跳舞呢！给他知道了你摆这么大架子，不大好，说不定一生气，就许给你记一个大过，或者来一个撤职，那多没有意思呀！你陪他坐一忽儿又不损失甚么，他一高兴立刻给你加薪，升级都不成问题。你想想看，别人想亲近他还没有机会呢，你有这样好的机会还要推三推四的，简直成了傻子了。”她连说带诱的一大串，说得那个小姑娘也低了头一声不响的，十分意动。

这时候那张太太也走到了她们面前，并在那儿拿手里买的东西给她们看，王太太立刻就拿别针抢过去往她头上带〔戴〕。一个不要带〔戴〕，一个一定要，三个人又笑又闹的正在不可开交的时候，门外边忽然又冲进来两个女人，一个是穿着西式晚礼服的在前面走，一边走一边大声的叫骂，后边一个穿了旗袍的比较年轻一点的满脸带着又急又窘的样子，在后面紧紧的追着她。这时候一屋子的空气立刻变得紧张，每个人的视线都集中在她两个人的身上。婉贞本来是已经头晕脑涨〔胀〕，自己觉得连气都快喘不过来了，恨不能即刻逃出这间恼人的屋子，到一个没有人影的地方去清静一下。可是这时候给她两人进来后，她也忘记了一切，只有张大两只眼睛急急的看着她们到底又是闹的甚么把戏？只听得那先进来的女人，坐在近着婉贞的桌子边上那镜台的椅子上，用木梳打着桌子发出很响的声音，带着又气又急的声音对着坐在她左边椅子上少女说：

“好！多好！这是你介绍给我的朋友，多有礼貌！多讲交情！还是受过高等教育的人呢，做出这种下流不要脸的事！看他还有甚么脸来见我！真正岂有此理，你叫我还说甚么？”说完了还气得拿木梳拼命用力气向自己的头上乱梳，看样子连自己都不知道是在梳自己的头发，简直气糊涂了。那边上的女人，听完她的话，脸上显得十分不安，也急得连话都吱吱唔唔的讲不清楚——

“你先慢点生气，到底是怎么一回事遭得你生这么大气，我却还不明白，大家都老朋友了，能原谅就原谅一点罢。”

“你倒说的轻松！反正不在你的身上，若是你做了我一定也要气的发晕。”

“到底你是发现了甚么怪事呢？”

“你听着，我告诉你！刚才不是在我家里吃完了饭大家预备到这儿来么？我们大家不是都在客厅里吃香烟穿大衣吗？是我叫亨利上楼去锁了房门，叫佣人带了小倍倍早点睡，我们今晚上回家晚。等他走了不多一忽儿，曼丽也跟着上楼去。那时候我一点也不疑心，以为她是上WC去的，谁知道我们讲了许多时候闲话，她们还不下来。你同小张他们正说得热闹呢，也没有留心，我是已经奇怪了，所以就不声不响轻轻的走上楼去。在楼梯上我已经听得两个人轻微的笑声，我就更轻轻的一步步的走到房门口，轻轻的推一下，还好，没有锁上，他们大约也没有听见。等我走进一看，好，真美丽的一个镜头，两个人互相抱着很热烈的接吻呢！你说我应该怎办！你说。”这时候她一连串说完了，还紧逼着旁边那个女人说，好像是她做错了事情似的，那个女人倒有点儿不知道说甚么好！也许是事情使她太惊奇，只好轻声的说：

“唔！那难怪你生气。”低声的好像说给自己听似的。

“我当时真气得要哭出来了，只好一声不响回头就下楼，她们也立刻跟了下来。大家都在门口等着上车呢，我只好直气到现在。”

“我说呢！我现在才明白，怪不得你在车子里一声也不响，谁也不理呢！原来是如此。”她虽然是低声冷静的回答她的话，可是她的脸色也立刻变了腔，眼睛看着鼻子，好像正在想着十分难解决的事情，对面讲的话也有点爱听不听的样子。

“你看你！怎么不响了？你给我出个主意呀！你看我等一会儿

应该怎样对付她，还是对大家说呢，还是不响，我简直没有了办法了，同你商量你又阴阳怪气的真不够朋友!”

“你也不要太着急，大家都是社会上有地位的人，不要闹得太没趣，慢慢的再商量办法。反正曼丽也知道给你看破她还不好意思再同你亲热了，只要你对你自己的老爷稍微警戒警戒，料他以后也不会再做，闹出来大家没有意思，你说对么?”

这一位听了对方几句很冷静的话以后倒也气消了一半，态度也不像以前那样紧张了，眼睛看着对方的脸静默了几分钟，慢慢的站了起来，低声的说：

“好罢！我听你的话。不错，闹起来也没有多大好处，只要我以后认识了她就是。那我就托你等一会儿，她若是进来，你说她几句，叫她知道知道，就是我不响，问问她自己好意思么！我是不预备再同她讲话了。”说完了就往外边走去，那一个是一只手托着脸，眼睛看着还有一只手里的香烟，满脸不高兴的样子，一声也不响，这时候屋子里的空气非常之静。婉贞，自从她俩〔两〕个进来之后眼睛一直没有离开她们的身子，心里逼着一口气，听出了神，这时候才算把气松了，抬眼一看屋子里的人也都走完了，只有静坐着的那一位——她也好像没有觉得屋子里还有第二个人，婉贞也看着她不知道想甚么好。忽然里屋子的小兰匆匆忙忙的跑到婉贞面前，好像又有甚么大事发生了似的说：

“快点！你的电话，大约是家里来寻你，说是有要紧事情叫你无论多忙也要去听一听，你快去罢!”她说完了就即刻要来拉婉贞去，婉贞可给她吓得连话都说不出来了，身体都麻木了似的，好像是才从一个恶〔噩〕梦里惊醒，自己都不知道自己在甚么地方。可是听说是家里，她才想起一切，想起还有二宝病着呢！这时候来电话不要出了甚么事——她不敢再想，她怕得连着出冷汗，心里跳得几乎站都站不起来。小兰也不管她说甚么，只急急的拉着她就往里跑，只拿起电话筒她亦说了一声哙，就再也说不下去了，只听得立生的声音在说：

“你是婉贞么？你怎么样了，问经理支着薪水没有？二宝现在已经热得不认识人了，一定要快去买了针药来打才能退热，不然恐怕要来不及了。你知道么？哙！你为甚么不说话呀!”

婉贞听着立生的急叫声，她已经失去了知觉，她心里一阵阵的痛，脑子里乱得连她自己都不知应该做甚么好。老实说她自从进来之后，脑子一直没有时间去想这件事，现在才又想起二宝那烧得像红苹果的小脸儿，她又何尝不想立刻能拿到钱呢！可是她……

“哙！哙！你说话呀！到底你甚么时候回来？能不能早一点把药带回来？你为甚么不开口呀？真急死人了。”

“好，我知道了，在半个钟头以内一定回来。”勉强的逼出来这一句话，说完不等回答就把电话筒挂上了，她自己也飘飘荡荡的站也站不直了，好像要摔倒似的，吓得小兰立刻上前扶着她走到外间去。婉贞由她扶着像做梦似的向前走着，可是心里简直难过得快要哭出来了。这时候她需要安静，静静的让她的脑子清一清，可是事实不允许她如此做。等她还没有走到自己座位面前，已经听得又有一个女人在那里同刚才坐在镜台边静想的一个在那儿吵架，声音非常之大，一句句的钻进婉贞的耳朵里，不由她不听。那一个坐着的女人这时候脸色变得很苍白的，瞪着大眼对立在面前的女人厉声的说：

“我告诉你，叫你醒醒不要做梦！亨利老早就是我的人，他没有同莉莉结婚之前就是爱我的，因为我不能嫁他，他才娶的莉莉。我可不能让你们有任何关系，你快给我丢手，不然我决不饶你，你当心点！”

那女人听了这些话，反而抬起了头大声的狂笑——笑得十分的自然而狡猾，又慢又冷的一个字一个字的说：

“真可笑！说这种话不怕人笑，亨利不是你的丈夫，你无权管，我爱谁恨谁是我的自由，谁也管不着。我高兴怎么做就怎么做，不劳你多讲。”

婉贞这时候自己的心里已经乱得没有法子解脱，再听着这些无聊话更使得她的心要爆炸似的，一口气闷得连气都透不过来，简直像要发疯了。她看一看自己的周围，灯光辉煌，色彩美丽，当然比自己的家要舒服得多。可是现在她觉得这个地方十分可怕，坐都快坐不住了，柔媚的空气压不住她内心的爆火，她只觉得自己的脸一阵阵发烧，心里跳得眼前金星乱转，一个人像要快被逼死。面前那两个人的吵架声，愈来愈往她耳朵里钻，她不要听——她脑子里再也放不进任何事情了。可是坐在近边，那声音不知不觉的一个字一个字的钻进来，她恨不能立刻高声的叫她们走出来，或是骂她们一顿，她简直再也忍不住了，她站了起来对她们张了口正想骂出来，可是一时又开不出口，急得脸红气喘，坐立不安。这时候她不能再忍一分钟，非立刻离开此地不成，不然她可能就发了疯，她自己都控制不了自己了，只感觉到屋子里的空气好像重得快把她压死了，非走不可。想到走——她就不能等有别的转变，立刻不顾一切的一直往门外冲，走过舞池她也好像没有看见，音乐在她身边转，她也没有听见，只是直着眼睛，好像边儿上没有第二个人，急匆匆只顾向前走，连自己都不知道要向哪儿去。显然的她已经失却了控制力。走到二门，可巧经理先生站在那儿招应客人。看见她那样子，以为里面出了甚么意外的事情，他立刻紧张的迎着问她：

“哙——婉贞小姐！您为甚么这么急冲冲的，有甚么事情么?”

婉贞根本就没有留心到他，他所讲的话也没有听见，毫无表情的一直往前走，经理先生在后面紧跟着叫，也是没有用。

她一口气走出了大门，到了外边草地上，四外的霓红灯照得草地上也暗暗的发出光亮。因为这间房子四外的空地相当大，到了夏天就把空地改为舞池，所以有的地方种着许多的小树同花木，环境很觉清静。婉贞一口气跑到左边的一片草地旁边，随便的坐到石椅上，轻轻的舒了一口气，才觉得自己胸口稍微轻松了一下。晚风吹入她的脑子也使她清醒了一点，在这个时候她才像大梦初醒似的，开始记起自己现在所处的地位，她一定要决定一下应当怎么做才对。这时候她好像听得立生在电话里的声音——那种又急又怨的声调，真使她听得心都要碎了，她明知此刻二宝是多么需要医药来救他的小命儿，金钱是多么重要的一件事，小脸儿烧得绯红的小二宝正在她眼前转动，她又何尝不爱这个小儿子呢！她一阵阵的心酸，恨不能自己立刻死了罢！她一个人站在椅子边上，走两步，又退两步，想来想去，她是应该尽她母亲的责任的，她决不能让二宝不治而死的，她还是顾了小的罢，于是她又慢慢的一步步的走回到大门边，想进去问经理先生预支点薪水，打电话叫立生来拿了去买药，快点给二宝吃。可是到了大门口，她已经听见里面音乐声——在那儿抑扬的响着！这时候二宝的小脸忽然消失了，只有刚才那些女人的脸一张一张的显现在她的眼前，她又回想起在屋子里的一切，她又迷糊起来了，她走到门口想进去，可是自己的腿再也抬不起来了，她已经感到她的呼吸不能像在外边那样的舒畅。她又感到气急，这种非兰非香的浓味儿，她简直是受不了，她回身再往草地上走——她想——想到今儿晚上，短短的两三个钟头内所见所闻的一切，再起头想一遍，实在是太复杂，太离奇了。不要说亲自听见，看见，就是在她所看过的小说书里，也没有看到过这许多事情——难道说这就是现在的社会的真相么？她真是不明白，如果每晚要叫她这样，叫她如何忍受呢？难道说叫她也同她们这些人去同流合污么？

昨晚回家她已经通宵不能安睡，她感到这是另外一个世界，她过惯的是一种有秩序又清静的生活，一切是朴实的简单的，现在忽然叫她重新去做另外的一种人，哪能不叫她心烦意乱呢？所以经夫妻俩〔两〕人商量之后预备放弃这个职业，情愿穷一点，等以后有机会再等别的事情做罢。今天下午她看了二宝烧得那样厉害，而家里又没有钱去买药，便一时情感作用，预备牺牲自己，再来试一下，至多为了二宝做一个月，晚上就可借薪水回来了。可是现在她决定不再容忍这一类的生活，因为就算救转了二宝的生命，至少她自己的精神是摧残了，也许前途都被毁灭了。她愈想愈害怕，她怕她自己到时候会管不住自己，改变了本性，况且生死是命，二宝的病，也许不至于那样严重，就是拿了钱买好了药，医不好也说不定，就是死了——也是命——否则以后也会再生一个孩子的——她一想到此地她的心里好像一块石头落下去，立刻觉得心神一松。她透了一口气，抬起头来向天上一看，碧蓝色的天空，满布着金黄色的星，显得夜色特别幽静，四围的空气非常甜美。这时候她心里甚么杂念都没有，只觉得同这夜色一样清静无边，她心中很快乐——她愿意以后再也不希望出来做甚么事情，因为不管做甚么每天往外跑，至少衣服要多做几件，皮鞋要多买几双，也许结算下来，自己的薪水还不够自己用呢！不要说帮助家用了。

这时候她倒一身轻松了许多，也不愁，也不急，想明白了。她站起来很快的就一直往大门外边走去，连头也不回顾一下身后满布着霓红灯的舞场。一直走出大门叫了一辆黄包车，坐在上面，很悠闲的迎着晚风往家门走去，神情完全和刚来时不一样，她只觉得自己还是一个天下十分幸运的人呢！

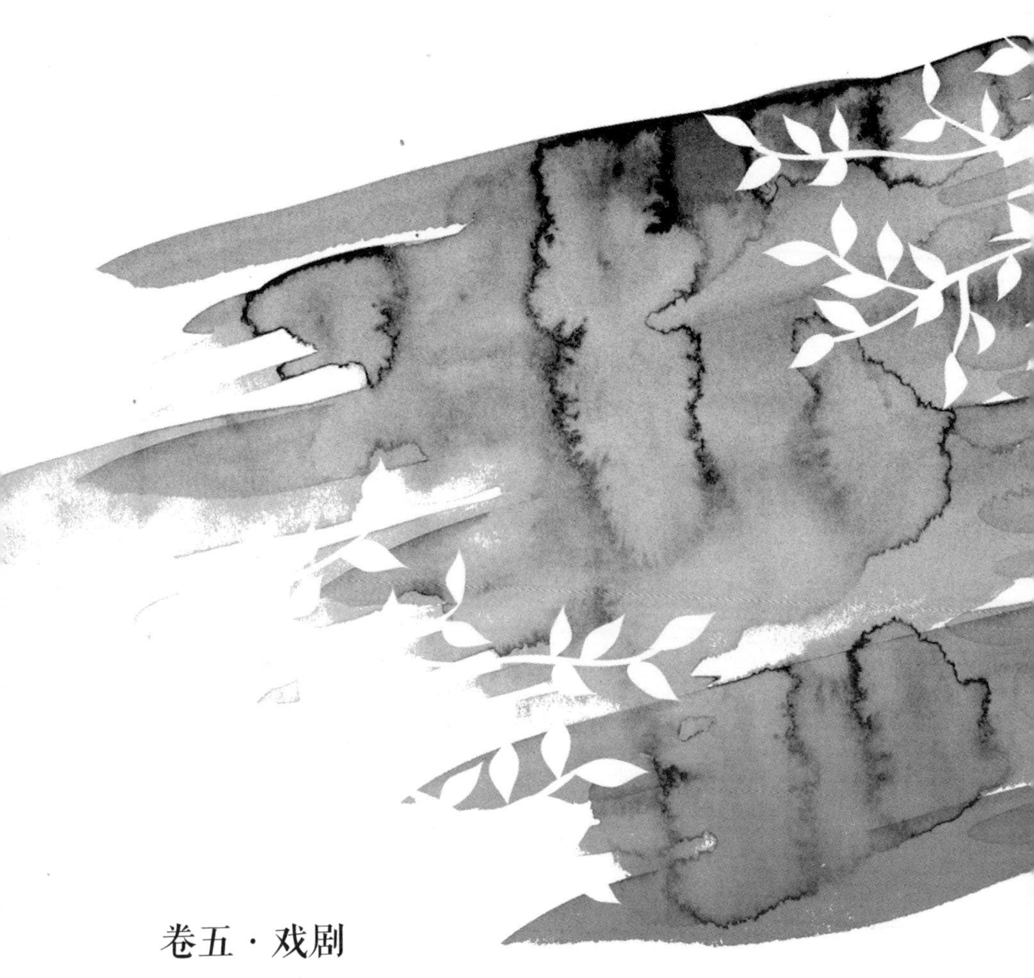

卷五 · 戏剧

《卞昆冈》是徐志摩与陆小曼合作的唯一一部作品，也是徐志摩创作的唯一一部剧本。该剧本最先在《新月》杂志上连载，后由新月书店于1928年7月出版。

卞昆冈

登场人物

阿明（卞昆冈子）

卞母

李七妹

卞昆冈

严老敢（昆冈助手）

老瞎子

尤桂生

石工甲

石工乙

王三嫂

地点　山西云冈附近一个村庄

第一幕

布景

卞昆冈家，台右露一角，檐头铺松茅绽出成荫。门前一大枣树，荫下置有木桌及条凳。台后一木栅，有门。遥望见草原及远山景色。院内杂置白石小佛像及其他生物石像。

阿明年八岁，神态至活泼，眉目尤秀丽，穿青布短褂。幕起时阿明正倚枣树下木桌边吹胰子泡，身旁一小石马。天时约五月。时近傍晚，远山斜阳可见。

阿明 （吹泡）瘪了！真讨厌，老不大就瘪了。我想吹一个地球那么大的……这好……上去，飞上天去……呼，呼……上去……呼……好了，好了，这回好了！唷又瘪了！一个大地球瘪了！……（闻三弦声）咦！他来了。（至木栅门）老周，你回来了。明儿见罢。（走回，骑石马上吹泡）再来一个。

奶奶，奶奶！快来，快来，看我的大地球儿……奶奶，来呀，再不来这地球又要破了——

你瞧！奶奶，你倒是那〔哪〕儿去了？

卞母 （自内）来了，又这儿淘气了阿明！胡嚷嚷的叫奶奶做甚么呀！奶奶这儿正做着面哪，做好好的炸酱面等你爸爸回来吃哪……（自门内转出，腰围厨裙，手沾面粉，年六十余，颇龙钟，行路微震。）

你瞧我这一手的粉……怪累人的……你怎么了？阿明！好，胰子水又泼了一桌子一地，甚么地球不地球的！（檐前取水洗手）你爸爸不是今儿回家吗？太阳都快下山了，他这就该到了，快不要顽皮，好孩子，也叫你爸爸欢喜。（收拾桌子。阿明骑马，作驰骋状。）

阿明 唷，对了，可不是爸爸今儿个要回来了么！我又有糖吃了，又有好东西玩儿了！我可不喜欢爸爸那头小黑驴，老低着头一颠一颠的多难看，那〔哪〕有我这大白马好，长得又美，跑得又快。得儿吁！

卞母 大白马？叫你有了大白马还了得，这房子都该让你给冲倒了呢！（取竹椅坐树下。阿明趋伏膝前。）

阿明 奶奶，奶奶！

卞母 干甚么了？

阿明 （声音缓重）奶奶，爸爸真这么疼我么？

卞母 傻孩子，爸爸不疼你还疼谁。

阿明 干么他老爱看我的眼睛？

卞母 （音微涩）傻孩子，你那小眼珠儿长得好看，你爸爸爱瞧。

阿明 干么就我的眼睛好看，奶奶，你的眼睛不好看吗？

卞母 爸爸爱你的眼睛就为你的娘……

阿明 奶奶说呀，我娘怎么了？我娘？奶奶不说我娘早成了仙了吗？奶奶，可是您说我娘怎么着？

卞母 傻孩子。（手指阿明眼睛）你这对小眼珠儿，就是你娘，（音发震）你娘当初的一双眼睛一样。你爸爸就是最爱你娘的一双眼睛，现在你娘不在了，他所以这么疼你，爱看你的眼睛。谁家的爸爸也没有像你爸爸那样疼儿子。他有时简直像是发了疯似的，我看了都害怕。苦命的孩子，（抚他的头面）这年岁就没了娘，就有一个老奶奶看着你（举袖拭泪）。我又老了，管不了你，你有个娘多好！可是你爸爸……

阿明 我不，有奶奶不是一样好，爸爸疼我，我疼奶奶，奶奶别哭呀，好奶奶（举小手为拭泪）我疼你极了，你别哭了，爸爸快回来了，回头他见你哭又该不高兴了。我们到门前去望望看好不好？他那么大个儿骑在顶小的驴儿上，我们老远就看得见的。（跃起趋栅门前站石上外望）太阳都快没了，那山上起了云，好像几个人骑着马打架呢，都快黑了，像是戴了顶帽子，白白的。怎么影儿都还没有哪，怎么回事？今儿许不来了罢？那多不好，奶奶！

唷你瞧，爸爸倒没有来，街坊那女人像是又上我们家来了，谁要他〔她〕老来？

卞母 女人，谁？

阿明 就是那姓李的寡妇！

卞母 去你的，孩子们说甚么寡妇不寡妇的，越来越没有样儿了！孩子们第一得有规矩，不许胡说乱话的，她也待你顶好的，来了就该叫她一声姨。

阿明 姨！胰子泡！我才没有那么大功夫呢！

卞母 （怒）顽皮，再说奶奶要打了！（李七妹已推木栅门进院，说话带笑声。李年约二十四五，面有脂粉痕。）

七妹 老太太在家吗？（转眼见阿明倚木栅边，急趋向欲抱之）唷，这不是小阿明么，乖孩子，就是你机伶〔灵〕，（阿明不顾，驰去骑弄白马）好宝贝！

卞母 啊，七妹，我说是谁呢，几天不见了！快别理阿明那孩子，他甚么都好，就是怕生，要说呢岁数也不小了，小机伶〔灵〕甚么都说得上，就是怕生不好。你又上那〔哪〕儿玩儿来了，这天色好，谁都想上山去玩玩，就我这老骨头挪活不了。

七妹 可不是好天气，前儿个我和王三嫂到云冈大佛寺烧香去了。才热闹哪，老太太，那〔哪〕年也没有今年旺！山里的石榴花开得多大，通红的一片，才好看呢。

卞母 噢，到大佛寺，你们没有碰见我们昆冈吗，他说今儿回来的？

七妹 可不是我们一去就见着卞爷了吗？我们还看着他雕像来

了哪。他正雕着一尊骑大狮子的佛爷，就跟那山上的一模一样，真好功夫，狮子好，佛爷的相儿更好，真像活的。那〔哪〕来这手劲，看着一点也不费事，一锤雕活了一双眼，又一锤给雕上了那活灵的神儿，真有他的。老太太，您没看见那小傻子严老敢呢，他老张着一只大嘴，瞪着一双大眼，瞧着他老师的功夫，整个儿看呆了，那神儿才可乐哪！

卞母 这碗饭也是不容易吃的。昆冈倒是从小就近这门儿，才四五岁就拿白粉在墙上满涂，前年过世的郑老爹见了就夸这孩子有天才。我倒是欢喜他雕佛像，事儿是累，可是修好的事——你不坐坐？

七妹 唷，我来胡扯了半天，倒忘了我是干甚么来了！可不是，老太太，我要问您家借那水吊子使一使，我们家那个让胡掌柜家借去使坏了。我可不能使坏您的，明儿个就来还。这天干得井水都不能吃了，我还是愿意走远几步路自己去打泉水用，那清甜多了。

卞母 水吊子，门外那一个你拿去使就得了，我们屋子里另有着哪。说是，昆冈怎么还不来；阿明，你听着那道上有驴铃没有，我是真老了，牲口晃到我跟前，我有时候还听不见哪！

阿明 （正忙着拿一副草绳做的马缰套上他的白马）那〔哪〕有驴子，就有我的马——得儿吁！

七妹 （斜眼看阿明）这孩子倒真是乖；没有娘的孩子真是

苦，奶奶可累着了。他爸爸不是顶疼他的吗？

卞母 我们正说哪，谁家的爸爸也没有他爸爸那么疼儿子。也是他那一双眼睛，简直跟他娘的一式儿没有两样，长长的眼毛，黑黑的眼珠子，他父亲（低声）就迷这对眼睛！你瞧着，昆冈一回来，汗也不擦，灰也不撢，先得抱住了他直瞅他那双眼睛，就像是他眼睛里另外有一个花花世界似的。

七妹 男人本来都是傻的……

阿明 唷，那不是小黑驴的小铃儿响（远远闻铃声），我来看！（奔栅门口，企着望）是的，奶奶，是的，爸爸回来了。他哼是急了，直要小黑驴跑快，小黑驴真乏，偏跑不快，那〔哪〕有我那大白马跑得快。那不是到了吗！我接他去……（开栅门要跑）

卞母 耽着，孩子，不许乱跑，回头再闪交〔跤〕，上回不是闪破了鼻子流了好些血，你爸爸还怪着我哪。等着罢，孩子，一忽儿就到了（驴铃声渐近。阿明一手拽开木门，探头出外，高声叫）。

阿明 爸爸！爸爸！

昆冈 （自内）来了，来了，孩子，你爸爸来了！（进门。面红出汗，风尘满身）这不来了吗，孩子！（擎举阿明亲吻之）乖孩子，你等急了不是？（看阿明眼，神态凝重，如在祈祷）好孩子，我的亲孩子！（放下，携阿明手走向卞母）娘，我回来了！

卞母 （起立复坐）我说太阳都没了怎么还不来。这一时好吗，昆冈？李七妹刚才来，正说着你，你们不是在大佛寺儿见着了么？

昆冈 是的，娘，（向李颔首）这几天烧香真旺，我说娘要是有兴致出去烧烧香，山里看看大红花倒不错呢。李家嫂嫂不是前儿个当天就回来了吗？

七妹 回来天都全黑了！王家嫂子在路上直害怕，三步并着两步走的，差点儿闪了个大跟斗！

昆冈 怎么，这二十来里地你们全是走的，好！

七妹 不，那那〔哪〕成。我们骑驴儿到百善村才跑路的。好，要全走那道儿，得半夜还不准到得了哪！你快歇着罢，走道儿怪累的，今儿个天又热，你瞧你汗都透了！我也该走了，老太太，你们吃了晚饭早点儿睡罢。那吊子我使完了就拿来还。阿明乖，叫我声姨！

阿明 我不叫！

昆冈 吓，谁说的，小孩子怎没有规矩！

七妹 今儿不叫，明儿可得叫，我买糖你吃。走了，明儿见，卞爷！

昆冈 明儿见，李嫂。

（李出木门去，低声唱歌，时天已渐暗）

卞母 咳，七妹倒是个痛快人，可惜命运不好！

昆冈 甚么，她也不知道倒〔到〕底是怎样的人，瞧那样儿可不怎么样——端正。

卞母 得了，别胡说八道的，人家还是新寡呢，我知道你心里反正除了青娥别人都瞧不入眼的，可是呢，死的也死了，你也有时得同活的想想，别成天的做梦了。

昆冈 唉，娘呀，谁说我不转念头呢，可是我老忘不了青娥，娘！你也是个明白人，你说罢，说句良心话，这全村上那〔哪〕个女人能比得上青娥半点儿，不用说长相儿，就是性情脾气也没像她那样好的。我真不敢草率，回头一个不好，碰着个脾气不好的，不是叫我的阿明受苦么？

卞母 阿明，爸爸有一个新妈妈好不好？

阿明 奶奶，爸爸，我可以不要新妈妈，我只要奶奶疼我，爸爸爱我就够了。我不要甚么新妈妈！

昆冈 （很难过的样子）知道了，孩子，大人在这儿讲话不要多口，好孩子去玩去罢。（两眼看着远山）娘呀！你老人家放心罢，让我慢慢的来想想，反正有的是时候呢。你去做饭来吃罢。

卞母 好，这才是呢，我也不是屡次的逼你，为的是我也一年不如一年了，我这回的病（摇头）真说不定那〔哪〕天……我也是为的阿明一个人，咳，正是的，好好的青娥，为甚么抛了我们前头走了呢，好……也是阿明命该是没有娘……这是那〔哪〕里说起……（自言自语的走了进去，昆冈一直瞧着她走了进去。等了一忽儿）

昆冈 咳！青娥，你知不知道自从你走了，我们家里再也没有乐趣了？青娥……青娥……你怎么叫我忘得了你，咳……（回头寻找阿明，见他正骑马，面转笑容）……孩子是真可爱。来，来，孩子，爸爸回了家，你快活不快活？

阿明 快活极了。爸爸，你不去了罢？我要你老跟我耽着，陪我玩儿。爸爸不在家，就有了大白马陪我玩儿，我今儿给做了根缰绳，下回我拉紧了缰绳，它就跑不了了不是？

昆冈 明儿我请你骑驴，我做你的驴夫，好不好？

阿明 不好，你那小黑驴儿脾气怪不好的，老别扭，那〔哪〕有我那大白马好，它从没有叫我闪跟斗，我就要好爸爸陪着我玩儿。(扑入怀)

昆冈 孩子，真好孩子。可是你爸爸有事，回家耽一两天就得走。奶奶领着你不好吗？

阿明 奶奶好是好，可是奶奶老了。奶奶不是忙着做活做饭，就是坐在大椅子上瞌睡。她也不叫喂我的好白马。我编故事儿给她听，她听不到三句又睡着了。她又非得逼着我叫她姨，就那个寡——

昆冈 吭，谁教你的，小孩子可不能胡说，奶奶教你总是不错的，教你叫姨你就得叫姨。她常来咱们家不？

阿明 常来，来了就要我叫姨。我可不喜欢她。她唱得也不好听，又偏爱唱，刚才不是一出咱们的门就哼上了吗？

昆冈 不许胡说话，有甚么好事儿讲给爸爸听？

阿明 我想想——噢，有了。爸爸我知道了！

昆冈 你知道甚么了？

阿明 奶奶对我说的。

昆冈　说甚么了？

阿明　说爸爸！

昆冈　说我甚么了？

阿明　爸爸为甚么老爱看我的眼睛！

昆冈　你知道了那个，孩子！（亲之）多美的一双眼睛（神思迷惘），我的两颗珍珠，两颗星。青娥，你是没有死，我不能没有你。佛爷是慈悲的。这是佛爷的舍利子！

阿明　爸爸，怎么了？跟谁说话了，我害怕！

昆冈　（惊醒）不怕，孩子。我——我想你的娘哪！

阿明　我娘她不回来了。

昆冈　你是她给我的。

阿明　爸爸，我要是没有我这双眼睛，你还疼我不？

昆冈　别说胡话，怎么会没有这双眼睛，我的宝贝。

阿明　就像那关帝庙前小屋子里那弹琵琶的老周。

昆冈　你说那老瞎子？

阿明　是呀，要是我同他一样瞎了眼怎么好，那你一定不爱我不疼我了，我知道！

昆冈　不许说，小脑子里那〔哪〕来这些怪念头！

阿明　我不说了，我就要爸爸老是这么疼我，老陪着我玩，老爱看我的眼睛！

昆冈　亲儿子！

卞母 （自内）吃饭了，阿明。快来！

昆冈 奶奶叫吃饭了，快去。小黑驴儿也还没有吃哪。奶奶管你，我得管它。你去罢。

阿明 爸爸，咱们说着话这天都黑了，甚么都看不见了，我怪害怕的。

昆冈 有我呢，有你爸爸。……到时候了，你先去罢。

阿明 你也就来罢？

昆冈 就来。

（昆冈起身出木门解驴身鞍座，台上已渐昏暗，屋内点有烛火，卞母咳嗽声可闻。卞母出）

卞母 昆冈！

昆冈 （自木门入院）娘，你叫我？

卞母 快来吃饭罢，你也该歇歇了。

昆冈 来了，娘。

第二幕

布景

云冈附近一山溪过道处，有树，有石。因大旱溪涸见底，远处有凿石声。时上午十时。石工甲乙上。

甲 这天时可受不了！卞老师这是逼着我们做工。

乙 天时倒没有甚么，过了端午也该热了。倒是这老不下雨怎么得了？整整有四个月了，可不是四个月？打二月起，一滴水都没有见过，你看这好好的树都给烧干了！这泉水都见了底了！老话说的“泉水见了底，老百姓该着急”，这年成怕有点儿别扭。息息走罢，这树林里凉快。

甲 息息，息息。啊唷，这满身的汗就不用提了！（坐石上）你抽烟不？（捡石块打火点烟斗）

乙 我说老韩，这几天老卞准是有了心事了。

甲 你怎么知道？

乙 瞧他那样儿就知道。他原先做事不是比谁都做得快，又做得好。瞧他那劲儿！见了人也有说有笑的。这几天他可换了样了，打前儿个家里回来，脸上就显着有心事，做事也没有劲。昨儿个不是把一尊佛像给雕坏了？该做事的时候也不做事，老是一个人走来走去，搔头摸耳的。要没有心事他怎么会平空变了相儿呢？

甲　对了对了，给你这一说破我也想起来了。昨儿不是吗，我吃了晚饭出来，见他一个人在那块石头上坐着，身子往前撞着，手捧着脸，眼光直发呆，像看见又像看不见，我走过去对他说："卞师父，吃了饭没有？"他不能没听见，可是他还是那愣着，活像是一尊石像。回头我声音嚷高了，我说："喂，卞师父，怎么了？睡着了还是怎么着？"他这才听见了，像是做梦醒了似的站起来说："老韩，是你吗？"你说得对，要没有心事，他决不能那么愣着。

（树林外有弦声，甲乙倾听。）

乙　又是他，又是他！

甲　谁呀？

乙　那弹三弦的老瞎子。谁也不知道他是那〔哪〕儿来的。他住在那甚么关帝庙前的一间小屋子里。也没有铺盖，也没有甚么，就有他那三弦，早晚出来走道儿，就拿在手里弹。也不使根棍儿，可从来不走错道。有人说他是神仙，有人说他算命准极了，反正他是有点儿怪。

甲　他这不过来了吗？

（瞎子自石边转出，手弹三弦。坐一石上。）

乙 我们问问他好不好？

甲 问他甚么？

乙 问他——几时下雨。

甲 好，我来问他。（起身行近瞎子）我说老先生，您上这儿来有几时了？

瞎 我来的时候天还下着雪，现在听说石榴花都快开过了——时光是飞快的。

甲 听说您会算命不是？

瞎 谁说的？命会算我，我不会算命。我是个瞎子，我会弹三弦，命——我是不知道的。

甲 （回顾乙）这怎么的？

乙 （走近）别说了，人家还管你叫活神仙呢！街坊那胡老太太不是丢了一个鸡来问你，你说“不丢不丢，鸡在河边走”，后来果然在河边找着了不是？别说了，是瞎子还有不会算命的？咱们也不问别的，就这天老不下雨，庄稼都快完了，劳您驾给算算那〔哪〕天才下雨？

瞎 甚么？

甲乙 （同）那〔哪〕天下雨？

瞎 下雨，下雨，下血罢，下雨！

甲乙 （同）您说甚么了？（指天）下雪？

瞎 你们说下雨，我说下血，说甚么了！

甲乙 （惊）下血？（指手）

瞎 对呀，下血，下血，下血！

（甲乙惊愕，相对无言，卞昆冈与严老敢自左侧转出。见瞎子，稍停步复前）

卞 老韩，他说甚么了？

甲乙 （同）我说是谁，是卞老师跟严大哥！

卞 他说甚么了？

乙 我们问他那〔哪〕天下雨，他不说那〔哪〕天下雨，倒还罢了，他直说下血，下血，下血，他又不往下说，你说这叫人多难受，甚么血不血的。

卞 你们知不知道那〔哪〕天下雨？

甲乙 不知道呀。

卞 还不是的，你们不知道，他怎么能知道？

瞎 对呀，你们不知道我怎么能知道！

甲乙 （怒）你倒是怎么回事，人家好好的请教你，你倒拿人家开心，活该你瞎眼！

瞎 瞎眼的不是我一个，谁瞎眼谁活该，哈哈。

甲乙 （向卞）卞老师，你说这瞎子讲理不讲理？

卞 得，得，这大热天闹甚么的，你们做工去罢。

甲乙 （怒视瞎子）真不讲理！（同下）

瞎 讲理，这年头还有谁讲理！

卞 得，你也少说话。

瞎 谁还爱说话了罢！他们不问我，我还不说哪！哈哈哈。

严 不管他了，老师，还是说我们的。这边坐坐罢。

（卞严就左侧石上坐。瞎子起，摸索至一树下，即倚树坐一石上，三弦横置膝上，作睡状。）

卞 咳！

严 师父有心事，可以让老敢知道不？

卞 不是心事，倒是有点儿——为难。

严 甚么事为难，有用老敢的地方没有？

卞 多谢你的好意，老敢，这事儿不是旁人可以帮忙的。

严 那么你倒是说呀，为甚么了，老是这唉声叹气的？

卞 也不为别的。你是知道我的，老敢。我不是一个随便的人，你是知道的。也不是忘恩负义的人。青娥真是好，我们夫妻的要好，街坊那〔哪〕一个不知道？她是产后得病死的，阿明长不到六个月就没有了娘，是我和老太太费了多大的心才把这孩子领大的。

严 阿明真是个好孩子。

卞 阿明今年八岁，我的娘今年六十三。可怜她老人家苦过了一辈子，这几年身体又不见好，阿明又大了，穿的吃的，那〔哪〕样不叫她老人家费心？咳，也难怪她，也难怪她！……她原先见我想念青娥，她就陪着我出眼泪，她总说："快不要悲伤了，昆冈，这孩子就是青娥的化身，我们只要管好了他，青娥也可以放心了。”后来她看我满没有再娶的意思，她就在说话上绕着弯儿要我明白。咳，我又何尝不明白呢？青娥在着的时候，她好歹有一个帮助，婆媳俩也说得来，谁家婆媳有我们家的要好？青娥一死一家子的事情就全得我娘来管。我又不能常在家，在家也不成，只是添她老人家的累，吃的喝的，都是她。早两年身体还要得，家事也还可以对付。去年冬天的那一病，可至少把她病老了十年，现在走道儿都显着不灵便。她自己也知道，常对我说：“昆冈，我是不成的了呢”，我听了她的话我心都碎了。她呀，打头年起，就许我不回家，我要一回家，她就得唠叨。

严 她要你——

卞 可不是。她要我再娶媳妇。我这条心本来是死了的。每回我看着阿明那一双眼睛，青娥就回到了我的眼前。我和青娥是永远没有分离过的，我怎么能想到另娶的念头？可是我的娘呀，她也有她的理由。她说她自己是不中用的了，说不定那〔哪〕天都可以……可是一份家是不能不管的，阿明虽则机伶〔灵〕，年纪究竟小，还得有人领着，万一她要有甚么长短，我们这份家交给谁去，她说。她原先说话是拐着弯儿的，近来她简直的急了，敞开了成天成晚地劝我。“阿明不能没有一个娘，”她说，“你就不看我的面上，你也得替阿明想想，”她说。“谁家男人有替媳妇儿守寡的，”她说，“你为青娥守了快八年了，这恩义也就够厚的了，青娥决不能怪你，你真应得替活着的想想才是呢，”她说。这些话成天不完的唠叨，你说我怎么受得了？老敢！

严 真亏你的，师父。我听了都心酸，老太太倒真是可怜，说的话也不是没有理。本来末〔么〕，死了媳妇儿重娶还有甚么不对的，现在就看您自己的意思了。您倒是打甚么主意？

卞 这就是我的为难。说不娶罢，我实在对不住我的娘，说娶罢，我良心上多少有点儿不舒泰。近来也不知怎么了，也许是我娘的缘故，也许是我自己甚么，反正说实话，我自己也有点儿拿把不住了——。

严 师父！

卞 （接说）原先我心里就有一个影子，早也是她，晚也是她。青娥，青娥，她老在我心里耽着。近几天也不知怎么了，就像青天里起了云，我的心上有点儿不清楚起来了。我的娘也替我看定了人，你知道不，老敢？

严 是谁呀？

卞 就是——就是我们那街坊李七妹……

严 （诧异）李七妹，不是那寡妇吗？

卞 就是她。

严 她怎么了？

卞 我不在家，她时常过来看看我的娘，陪着她说说笑笑的。她是那会说话，爱说话，你知道。原先我见着她，我心里一式儿也没有甚么低哆，可是新近我娘老逼着我要我拿主意，又说七妹怎么的能干，怎么的会服侍，这样长那样短的，说了又说，要我趁早打定了主意。要不然她那样活鲜鲜的机伶〔灵〕人还怕没有路走，没有人要吗，我娘说。我起初只是不理会，禁不得我娘早一遍晚一遍的，说得我心上有点儿模糊了。我又想起青娥，这可不能对不住她，我就闭上眼想把她叫回来，见着她甚么邪念都恼不着我。可是你说怎么了，老敢，我心上想起的分明是青娥，要不了半分钟就变了相，变别的还不说，一变就变了她……

严　她是谁？

卞　可不是我们刚才说的那李七妹吗？还有谁？

严　把她赶了去。

卞　赶得去倒好了，我越想赶她越不走，她简直是耽定了的，你说这是怎么回事？

严　您该替阿明想想。

卞　可不是，要不为阿明，我早就依了我娘了。那〔哪〕家的后母都不能欢喜前房的子女，我看得太寒心了，所以我一望着阿明那孩子，我的心就冷了一半。

严　呒，还是的！

卞　可是我娘又说，她说李七妹是顶疼阿明的，她决不能亏待他。有一个娘总比没有娘强，她说。

严　师父！

卞　怎么了？

严　我也明白您的意思了。您多半儿想要那姓李的。

卞　可是——

严　可是，我说实话，那姓李的不能做阿明的娘，也不配做师父的媳妇。趁早丢了这意思。师父要媳妇，那〔哪〕儿没有女人，干么非是那颠〔癫〕狂阴狠的寡——

卞　别这么说，人家也是好好的。

严　好好的，才死男人就搽胭脂粉！

卞　那是她的生性。

严　（诧视）师父，您是糊涂了！

（林外一女人唱声）

卞　听，这是甚么？

瞎　（似梦呓）下雨，下雨，下血罢，下雨！

卞　（惊）怎么，他还没有走？

严　他做着梦哪！

（唱声又起，渐近。）

卞　（起立）喔，是她！

严　是谁？

卞　可不就是她，李七妹。

严　喔是她！

（李七妹自右侧转入，手提水吊，口唱歌）

李　（见卞现惊喜色）唷！我说是谁，这不是卞爷吗？

卞 （起立）喔，李嫂子。

李 （微愠）甚么嫂子不嫂子的，我名字叫七妹，叫我七妹不就得了。

卞 （微窘）你怎么会上这儿来呢？

李 你想不到不是！我告诉你罢，我姑母家就在前边，昨儿她家里有事，把我叫来帮帮忙儿的。这天干得井水都吃不得了，我知道这儿有泉水，我溜踏着想舀点儿清水回去泡一碗好茶吃。谁知道这太阳凶得把这泉水都给烧干了，我说唷，这怎么的，难道这山水都没了，我就沿着这条泉水一路上来。这一走不要紧，可热坏了我了，我瞅着这儿有树，就赶着想凉快一忽儿再走，谁知道奇巧的碰着了卞爷你！唷，可不是，这里该离大佛寺不远儿了，那不就是您做工的地方么？

卞 不错，就差一里来地了。

李 （看严）这不是——严大哥么？

卞 是他。

李 唷，你好，咱们老没有见了。

严 好您了，李嫂。

李 我说这不是你们正做工的时候，你们怎么有工夫上这儿来歇着。

卞 我们打天亮就做工，到了九、十点钟照例息息再做。我们也是怕热，顺道儿下来到树林里坐坐凉快凉快的。您不是要舀水吗？

李 是呀，可是这山溪都见了底了，那〔哪〕有一滴水？

卞 这一带是早没有了，上去半里地样子还有一个小潭子，本地人把它叫作小龙潭的。多少还有点儿活水，您要水就得上那边儿舀去。

李 可是累死我了，再要我走三两里地，还提留着小吊子，我的胳膊也就完了！

卞 那您坐坐罢，这石头上倒是顶凉的。

李 多谢您了，卞爷！

卞 （看严，严面目严肃）这么着好不好，您一定要水的话，就让严老敢上去替您取罢。

李 （大喜）唷，这怎么使得！严大哥不是一样得累（看严，严不动）！不，多谢您好心，卞爷，我还是自己去罢……

卞 要不然就我去罢。（向李手取水吊）

李 （迟顿）我怎么让您累着，我的卞爷。

卞 咱们跑路惯着的，这点儿算甚么。（取水吊将行，严向卞手取水吊）

严 师父，还是我去。

卞 （略顿）好罢，你去也好。

李 太费事了，严大哥，太劳驾了！

严 （已走几步，忽回头）师父，您还是在这儿耽着，还是您先回去？

卞 （视李）快点儿回来罢，我在这里等着你哪。

（严目注卞李有顷，自左侧下）

（卞李互视，微窘，李坐石上）

李 卞爷，您不坐？

卞 我这儿有坐。

李 卞爷，您老太太近来身体远没有从前好了似的？

卞 差远了。

李 阿明那孩子倒是一天一天长大了。

卞 长大了。

李 孩子倒是真机伶〔灵〕。

卞 机伶〔灵〕。

李 奶奶一个人要管他吃管他穿的，累得了么？

卞 顶累的。

李 卞爷！

卞 李——七妹！

李 街坊谁家不说卞爷真是个好人。

卞 我？

李 可不是，您太太真好福气。

卞 死了还有甚么福气？

李 人家只有太太跟老爷守节的，谁家有老爷跟太太守节的——卞爷，您真好！

卞 吭……

李 真难得，做您太太死了都有福气的……

卞 吭……

李 可不是，女人就怕男人家心眼儿不专，俗话说的见面是六月，不见面就是腊月，谁有您这么热心?

卞 七妹!

李 卞爷!

卞 （顿）您几时回家去?

李 您几时回家去?

卞 我明儿不走后儿走。

李 我那〔哪〕天都可以走，您带着我一伙儿回去不好吗？上回我跟王三嫂回得家顶晚怪怕人的。有您那么大个儿的在我边儿上，我甚么都不怕了。

卞 老敢该回来了罢。

李 他倒是腿快，卞爷您真有心思，省了我跑，这大热天多累人。回头他回来了，您就陪着我上我姑母家去喝一杯茶不好吗！就在这儿，不远儿的。

卞 我不去罢。

李 那怕甚么的。那家子又没有人，您喝口水再回去做工不好?

卞 吭……

瞎 （似梦）你们不问我，我还不说哪，谁愿意多嘴多烦的？

（卞李惊视。严提水吊自左侧转上，汗满头面，卞李起立）

严 来您了！

李 这不太劳驾了，严大哥！（向卞）我们走罢。

严 师父，您还上那〔哪〕儿去，今儿您不该雕完那尊像么？

卞 我陪着李嫂去去就来，你先回去罢。

（卞自严手接水吊，与李自右侧下。严兀立目注二人，作沉思状。）

严 糟！

瞎 （挈三弦起立）下雨，下雨，下血罢，下雨！（弹弦自右侧下，弦声渐远。严兀立不动，幕徐下。）

第三幕

布　景

卞昆冈家，如第一景。院中置长桌设筵。卞娶李七妹后，卞母即死，是日为卞生辰，其工友及邻居群集为卞祝寿。幕升时酒已半酣，卞昆冈居中坐，左七妹，右阿明。外客严老敢外有石工甲乙二人，邻居王三嫂，及尤某共八人，分座〔坐〕左右，两端右坐严老敢，左坐尤某。

幕起时闹酒声喧，工友甲乙正劝卞尽杯。七妹默坐无言，偶目注尤某，严老敢觉之，亦镇静寡言笑。

甲乙 （同）王三嫂，你说对不对，今儿个卞老师非得敞开了大喝。他们结了婚就为老太太故了，咱们也没有得喝一回闹酒，今儿个可得尽兴的闹一闹哪。这生日也不比往常的，今日个不乐那〔哪〕天去乐。王三嫂，卞老师，喝，喝，大家麻俐〔利〕点儿……直着嗓子，来，我喝个样儿给你们看看！干……干！卞老师，怎么了，怎么了，不干我们可不答应……（卞干杯。）

甲乙 （相视私语）好，第十八杯了！

卞 （醉）喝，喝，还得喝，酒来，酒来！

李 （止之）少喝点儿罢，又该撒酒疯了！

卞 （起立）哈哈，你们听见了没有，她要我少喝点儿，怕我发酒疯？我老卞今儿个还是第一天快活，不敞开了喝一个痛快怎么着？老太太在着，她许不让我喝酒，你（指七妹）怎么能不让我喝酒……你不让我喝，我偏喝。来，老韩，给斟上了，满满的，来，大家来。王三嫂，您也来一口罢，大家凑合热闹。尤先生，不要那文绉绉的，也得来一杯。老敢，你怎么了，干坐着发愣，有甚么心事了吗？哈哈哈，来来来，大家来！（喝）干！（合座皆举杯，甲乙欢呼，尤略附和，王三嫂亦醉笑。老敢独喝闷酒，不笑也不语。七妹擎杯不饮，若有所思。阿明注视其父，讶其变常）。又没有酒了！（取酒器给七妹）劳驾太太，再给我们烫一罐来，热热的。（七妹接器起离座，悻悻然，目瞟尤某，入屋内。）阿明，阿明，你奶奶呢？你奶奶呢？

阿明　奶奶？奶奶不是在大佛寺吗？妈妈早死了，爸爸！

卞　死了，娘，我的亲娘，你儿子没有孝顺着你，你老人家怎么的就去了！娘呀！

王三嫂　娘，卞爷，这怎么了，真醉了吗，大喜日子哭甚么了？老太太还不是顶有福气的，你哭甚么了？别，回头七妹又该多心了，咱们今儿个算是替你们贺新房那，韩大哥，对不对？

甲乙　可不是闹新房来了？咱们且不走那，今晚要闹得你们睡不了觉，您试试，哈哈哈哈！

卞　新房，谁做了新郎了？

甲乙　（互语）他真醉了！谁做了新郎了，这多可乐？卞师父，你猜猜谁是新郎？哈哈哈！

卞　（惝恍）阿明，我要看你的眼睛，我要看你娘的眼睛，你娘的眼睛。（抱阿明）你们看看，这孩子多美，这双眼睛多美！谁是新郎，倒运的！

（时七妹已取酒就席，听卞言，怔立其旁，卞谛视之，忽笑作媚语）我说是谁，原来是青娥。青娥，我的妹子，我的太太。这是你我的儿子阿明，你瞧有这么大了，多美的一个孩子。你不疼他么，你怎么不亲他？

阿明 爸爸，你怎么了，你认错人了，她不是我的娘，她是你的新娘子，我没有娘，我没有娘！（伏卞胸前啼，座客皆惊诧。）

七妹 （愤甚妒甚，冷笑）好儿子，好太太！本来末〔么〕，死骨头都是香的！咱们那〔哪〕配？

卞 （惝恍）青娥，青娥，你不要骂我，你不要怪我，不是我无情，那是老太太她非得我……她说阿明不能没有娘，好孩子，他这算是有娘了，哈哈哈！（对七妹）青娥，你，你怎么的不说话呀？

李 （厉声）别你妈的活见鬼了！你老娘是活人，不是死鬼，甚么青娥黄娥的，你上坟堆里找去，缠不了我！（离座去枣树左侧，尤走近之，严注视）

尤 （低声）不要在这儿闹。

李 你瞧，这我怎么受得了！也是我倒了霉了！（绕树出木门，尤随之，时座客纷纷劝卞，有私语者，有嚷取茶解酒者。阿明亦离座四望，严在其耳畔密嘱，阿明亦出木门去。）

（卞跄然离座，倚枣树上，老敢缓步行近，以手抚其肩。）

严 师父。（卞不应）师父！

卞 （举头望严，无语，眼含泪。）

严 要茶不？

卞 老敢——

严 我扶您去睡罢。

卞 老敢你——你不要笑我!

严 师父说甚么!

卞 我没有听你的话——

严 师父，耐住点儿。

卞 错了，错了!

严 耐住点儿。

卞 娘呀，我的娘!

严 看老太太分〔份〕上您也得忍耐。

卞 我不怪你，娘，我怪我自己。是我糊涂，没有听老敢的话……青娥，你一定怪我，笑我，我是活该，活该……可是你也应得可怜我，我知道，打头儿我就知道我是不对的，我的良心并没有死，是我一时的糊涂，现在懊悔也嫌迟，娘，青娥，你们都得可怜我，我……

严 别!师父，客人都走了。(时座客王三嫂及甲乙见卞醉态表示惊讶，相约不别而去，临行向严做手势会意）您也该息息了，这酒喝的太多了。

卞 ……可怜我……阿明，我的宝贝。你们放心，我看着他，我活着就为他，我领着他，疼他，谁都不能欺他，谁敢我就跟谁拼命，他是我的性命……老敢，你帮着我，这世界上我再没有亲人，除了我的孩子。你是我的朋友，好伙计，我知道。(携严手）你一定忠心到底，你是我的臂膀!

严　放心，师父，老敢不是好惹的，谁敢！咱们明儿回山里去，甚么也惹不了咱们。娘们就是那心眼儿小，不用跟她们一般儿见识，那〔哪〕犯得着？

卞　我那阿明呢？（叫）阿明，阿明！

阿明　（自门外奔入，伏卞身上）爸爸，爸爸，我在这儿哪！

卞　（喜）好孩子，好儿子，你上那〔哪〕儿去了？

阿明　（惊惶状）爸爸！

卞　怎么了？

阿明　（急看木门外）爸爸，他们说着话哪！

卞　他们说着话，谁是他们？

阿明　（迟疑，看严）爸爸你可不许告诉——

卞　告诉谁？

阿明　告诉新妈妈，回头她打我！

卞　傻孩子，爸爸自然不说。他们是谁？

阿明　我新妈妈跟那姓尤的。

卞　她跟那姓尤的？

阿明　是。新妈妈不是骂了爸爸么？她就出去，那姓尤的就跟了去，我也跟了去，他们走到那井边就站住说话了。我呀，爸爸，我就躲在那棵树下，他们没有看见我——

卞　吭，孩子，怎么样？

阿明　他们没有看见我，我想听听他们说甚么话。我心里可真害怕。

卞　你听到他们说甚么了？

阿明　我没有听见。

卞　笨孩子！

阿明　他们是这么曲曲曲曲说话的。两个头碰在一起，谁知道他们说甚么了。

卞　那末〔么〕你一句也没有听见？

阿明　我就听见提我的名字。

卞　（惊）提你怎么了？

阿明　他们不喜欢我，恨我。我怕，爸爸！

卞　乖孩子，他们不能欺负你，有爹爹哪，还有严叔叔，他是你的好朋友。

阿明　（看严笑）严叔叔好！

卞　他们还说甚么了？

阿明　他们也说爸爸。

卞　说我怎么样？

阿明　他们也不喜欢你，他们恨你，我看他们说话的神儿我就知道。爸爸，你怕不怕？

卞　（沉思有顷）孩子，那姓尤的常来我们家吗？

阿明　我，我不知道……

卞　你知道，怎么不知道，来，告诉你好爸爸，乖。

阿明　我说了新妈妈要打我。

卞　你说罢，有甚么事？全告诉爸爸。

阿明　我告你，你可不能让新妈妈知道。

卞　说罢。爸爸不在家，那姓尤的不时常上咱们家来吗？

阿明　他不来，他白天才不来哪。

卞　难道他晚上来？

阿明　总要天快黑他才来，偷偷的也不像个客人。他一来就在咱们的门上打两下，新妈妈就着急似的赶出来，不是靠在木门外面就在这树背后站着说话。他们且说那，老说不完。他们先不让我看见，我可早看见了。有时候他们在这里说话，我在外边玩儿了回来，我就偷偷的躲在一边看他们。

卞　他们怎么样？

阿明　他们俩顶要好的，新妈妈跟他且比跟爸爸亲热哪。

卞　他们知道你看见了他们没有？

阿明　他们先不知道，有一天我正想偷偷的进屋子去，给他们看见了，新妈妈就叫我，待我顶好的，那晚上，她后来问我认识那个人不，我说不，实在我早认识的，他还不是那开杂货铺的，白白的脸子，顶讨厌的。妈就告诉我不许我对爸爸说他上咱们家来，说了她不答应我，要打我，我就说我不说，她说好，乖孩子，明儿给你做件新衣服穿，这不就是她给我做的罢，爸爸你看，顶好的！

卞　还有怎么样？

阿明　到明儿我到那杂货铺门前去玩儿，那姓尤的就叫住了我，给了我一包糖，可不好吃，我先不要，他一定要我要，塞在我口袋里。随后他来就不避我了，有时他也到妈屋子里去，见了我就哄我。我可不喜欢他，见了他我心里怪害怕的，我直想对爸爸说，新妈妈可老是吓呵我，不让我言语，我今儿可给说了。爸爸，还是爸爸顶好，我见了新妈妈也真害怕。爸爸不是顶喜欢我的眼睛吗，她呀——

卞　（急）怎么样？

阿明　她可顶不喜欢我的眼睛。

卞　你怎么知道？

阿明　我不知怎么的，我知道她就不喜欢我的眼睛，我知道。

卞　你明儿跟我们到山里去，好不好？

阿明　（喜跳）好极了，爸爸，好极了，爸爸。严叔叔，你们非得带我去。爸爸老答应我，可老不带我去，我不爱在家里耽着。我害怕。

卞　为甚么害怕？怕甚么？

阿明　家里没有爸爸，多不好玩儿。我怕新妈妈，她不疼我，我也害怕那姓尤的。

严　有我哪，你怕甚么的？

阿明　（狂喜）唷，你们听呀！

卞严　听甚么了？

阿明 老周来了！

卞严 谁是老周？

阿明 那弹三弦的。听，那不是他弹着来了！

（三弦清切可闻，音调急促而悲切，三人凝听有顷，卞严若有所感。）

阿明 （跳起）爸爸，我去叫他来好不好？

卞 你怎么认识他？

阿明 呒，他待我顶好的，除了爸爸，就是他待我好。他每天都得打咱们门口过，弹着三弦，好听极了。我就跟他说话，他说话顶好玩儿的，讲故事，说笑话给我听，我不是笑就是哭，哭了他就摸我的手，又说笑话！非得把我说笑了，爸爸，咱〔我〕们俩才好哪。他也让我到他那小屋子里去，好玩极了，甚么都没有的，就是一地的草。他也让我弄他的三弦，他说他要教我，爸爸，你让不让我学，有他那么会弹多好玩！

卞 小孩子胡说胡跑的，不许你跟生人乱说话。他要是个拐子呢？

阿明 他不是拐子，他是个好人。有一回新妈妈让他进院子来不知说甚么了，我没有听懂，他也不知道说了些甚么，新妈妈就生气了，把他撵了出去，不许他再来。他倒没有生气，他真是个好人。咱们让他来罢。

（弦声又作，调变凄缓，似已走远。）

卞　别让他来了，他已经走过去了。

阿明　那让我到门口去望望他。

(阿明正开木门，七妹走进，阿明惊，退回卞处。)

阿明　新妈妈回来了！（小语）爸爸，你可别说！

七妹　（悻悻然举目看院内）好，酒鬼倒全溜了！

卞　（厉声）你骂谁！

七妹　（惊）还在哪，我当是全死完了！

卞　（厉声）过来！

七妹　你叫谁？

卞　叫你，叫谁？

七妹　我不是在这儿吗，有甚么说的？

卞　（起立行近，七妹微却步，严携阿明手，阿明作惧态）我明儿一早回山里去！

七妹　我没有留你！

卞　（声和缓）你——你得好好的替我看家。

七妹　谁偷了你的！

卞　一个人得有良心，我没有亏待你。(声哑)

七妹　这有甚么说的。

卞　你知道我一生的宝贝就是阿明。当初我娶你也就为了他。我娘说小孩儿非得有个母亲，又说你怎么的能干，会当心人，我才娶你的。

七妹 好，你不娶我，我怕没有饭吃了罢！

卞 （高声）你听我说。你已嫁了我，就得守我们的家规。我们家虽是穷，可是清白。老太太的勤俭你是知道的。你现在是我们家主妇，是阿明的娘，你听着了没有？是阿明的娘，我把我的家，我的孩子交付给你，你的责任可不是轻的。我不常在家，你得替我看好了家，看好了我的孩子。要有甚么差池，哼，女人，我可不能跟你干休！

七妹 唷，你这话多好听！倒像是我败了你的门风，害了你的孩子似的！好，要我看好了这样，看好了那样，我可受不了。你要不放心，你自个儿看去，我，我才不来管你妈的宝贝！（急步进屋）

（卞怒极，握拳露齿，严与阿明趋拥之。）

严 得，师父，跟娘们儿有甚么说的。天快晚了，咱们溜踏溜踏去。（挽卞手同出木门去，阿明独留台上，张顾左右，欲随去，复止，欲进屋，复止。）

阿明 我害怕！

（三弦声忽作，近在门际，阿明喜跃起，趋门，见瞎子立门外，露笑容。）

阿明 喔，老周！

瞎子 他们呢？

阿明 全跑了！

瞎子 好孩子，跟我来罢。

（阿明回头探望，悄悄出门随去。同下。三弦声复作。）

（台上空有顷。李七妹自屋内出，见无人，趋木门外望，口作吁响，尤自屋右侧转出。）

李　进来罢，没有人。

（尤进门，二人作亲昵状，同至台左侧。）

尤　可别惹那姓严的，他那凶相儿可怕。

李　你明儿晚上来罢，他天亮就走。

尤　小心，那小孩儿没有说甚么话罢。

李　我恨极了那小杂种了，我们非得收拾他那双眼睛，我就恨毒了他那双眼睛！你说的那个东西别忘了！

尤　下得了手罢？

李　怕甚么的，又没有破绽，咱们也好敞开了玩儿。

尤　（涎脸）你让我敞开了玩儿！（李笑披其颊，幕下。）

第四幕

布　景

卞昆冈家内景。左侧一门，垂有布帘。设备简朴，一壁悬佛及观音像。一壁供卞母灵位。桌凳而外靠左侧有一小榻，上铺布被。

右侧门外即前幕庭院。壁角杂置石作刀锯器具。

幕启时七妹独坐右门侧缝衣，频转眼望左门，面有得意色，间发冷笑，忽起趋左侧揭门帘探身内窥，复归坐，微喟。户外有剥啄声，七妹微惊，急起驰出，偕尤某同入。

七妹　谁让你这时候来的？叫他给碰着了又该我倒霉。

尤　我知道他不在家。

李　你怎么知道？

尤　今儿早上我看他们师徒俩骑着驴往西边去的。

李　你知道他们上那〔哪〕儿去的？

尤　求那老道去了。

李　那〔哪〕一个老道，你怎么知道？

尤　就是西山脚下火神庙里修行的老道，会治病的。昨天我在茶馆里听见村东那姓陈的对姓严的说让老卞去试试那老道，又说非得一早去，迟了老道就不在家。又说他灵着哪，甚么疑难急症大夫治不了他全能治，他有的是古怪的秘方。今儿我起一个大早，果然见他们俩奔丧似的跑了去。（四顾）唉，那小的呢？

李　（口呶向左屋）在里面。

尤　咱们说话他听得见吗？

李　我才看过，正睡着哪。昨晚那疯子哭了一宵，那小的也哭，哼，哭死也哭不活那妈的乌珠子，倒闹得我一宵也没有睡好。

说是，倒有你的，那东西真见效！

尤　敢情，咱们动手的事儿没有错儿。他疑心不？

李　谁疑心？

尤　你说的那疯子。

李　他是粗心大眼的，就是急，简直是疯了，可不是，这几天他压根儿没有吃一碗饭！他那疯劲儿可受不了，也算是我活该倒霉，你瞧，我这儿一个疤（指颈根左侧）可不是，这事我还没有告诉你哪。

尤　（抚其颈）粥粥！真的有一个血印子，那是怎么来的？

李　他生日那天不大发酒疯么？要不为那次发疯，当着众人面叫我下不来，我还不下毒手哪！那晚上更可笑了。我气极了，晚饭也没有吃就上床睡了，他回来自个儿弄的饭吃。后来他也来睡了，还来黏着我，我直没有理他。好，到了半夜，你说怎么着，他又见鬼了：打头儿先是青鹅白鹅的胡叫，一忽儿手伸来了，直摸我这儿，嘴里说“让我亲亲你那小多多儿，让我亲亲你那小多多儿”……你说是甚么，还是老太太告诉我的，他的前妻的颈子上长这么一颗黑痣，他管它叫小多多儿。我没睡着，直不言语，他老摸，摸来摸去的，小多多儿摸不着，倒摸得我怪痒痒的。我再也耐不住，我就骂。一骂他也醒了，一醒他就恨，本来他是恨极了我的，就拉着我使他那狗牙狠命这么一咬，妈呀，差点儿一块肉都叫他咬掉了，直痛了我好几天，你说多气人！本来你那东西弄了来我还有点心软，让他这么一疯，好，我再不给他颜色看怎么着！

尤 敢情你有理！可是当初谁叫你嫁他的？

李 （脸红）甚么当初不当初的？你拿着这小拐杖干甚么了？

尤 （笑）唷，我倒忘了，这是我送你们家的节礼！

李 甚么哟？

尤 你家出了一个小瞎子，走道儿不用得着它么？我还是亲手做的哪。

李 （笑）小鬼倒真会……唷，甚么了（听。携尤同趋左门揭帘内窥，复轻步走回右侧）

尤 睡得着着哪。老七，你说咱们这事情不碍罢？

李 他倒是容易对付，疯一阵，痴一阵，也就完了。倒是那姓严的，你别看他长相粗，他有时心眼儿倒是细。打头儿我就不敢正眼望着他。他对那姓卞的倒真是忠心，比狗还忠心，单说这几天为了那小鬼，连他都急得出了性了。前儿个有天他带〔逮〕住了我——

尤 怎么了？

李 没有甚么，他没有敢明说，他仿佛是替他师父来求着我，说他是个好人，全村子都看重他，他这份家现在全得靠我，小孩没有亲娘也是怪可怜，这个那个的说了一大篇。他说话都抖着的，听得我心直跳，就像他早知道咱们要来玩一手似的，你说怪不怪？咱们第一得防着他。我看他也注意你，你没有觉着生日那天他老望着你么？

尤 不错，那姓严的是讨厌，我见他也有点慌。他那两只大眼睛直瞅着你，甚么都叫他看透了似的。他们这回回来怎么了？

李 这回回来自然忙着那乌珠子。甚么法儿都试到了。前儿个也不知听了谁的，拿一个甚么，那长长毛的刺猬，活着的，就这么手拿住用刀拉出那皮里的油，说可以擦得好。又一回更腻了，我想着都腻，姓严的去街上捉了一个小黑狗，拿它活剥了皮，血呀，拉拖了一地，那狗要死不死刮淋淋的叫，才叫得人难受，就拿这活狗身上剥下来的皮给塞着那孩子的脑袋上，说这样甚么眼病都治得好。

尤 有效没有呢？

李 有效？有效还不错哪。白糟蹋了一条狗命，多造孽。你说老道能治吗？

尤 老道，嘿！老仙爷老佛爷都治不了！

李 这家子我的日子可也过不了了。

尤 咱们再想法子，干了小的再干老的——

李 吁，你听，这不是驴铃儿响吗？你快去罢！

尤 （仓皇出门）明儿晚上——

李 去罢！（尤下，七仍坐原处缝衣）

（铃声渐及门，卞严同上。卞面目憔悴，衣服不整，严较镇定，然亦风尘满身。）

卞 （入室喘息有顷，周视室内）怎么了？

李 （冷）甚么怎么了？

卞 阿明怎么了？

李 我知道他怎么了？

卞 （厉声）他上那〔哪〕儿去了？

阿明 （七未答，阿明自内室）爸爸，我在这儿睡着哪。

严 他睡着哪。

卞 （音慈和而颜色凄惶）你睡着哪，好孩子，你爸爸出去替你弄药回来了。（急步入内室）孩子！

（严挺立室中，目送卞入内室，复注视七妹有顷，移步近之。七妹缝衣不辍。）

严 （郑重）师母！

李 （惊震，举头强笑）唷，老敢，你也回来了，你们上那〔哪〕儿去了？

严 山里去——为阿明求治。我说师母，不是我放肆说句话，做人不能太没有心——太没有情……

李 （强笑）唷，这怎么了？

严 我是个粗人，我也没有家，我一辈子就敬重卞师父一个人，为了他的事情，我老敢甚么时候说拼命就拼命。可怜他运气是够坏的，死了太太，又死了老太太。阿明是他的性命，偏偏又是这怪事的眼睛出了毛病，说不定这眼睛就治不回来，我怕很难……

李 可不是，你们也算尽了心了，甚么法儿都试到了，他还是不见效，那有甚么法儿想呢？

严 真可恨，也不知怎么会有这怪事儿的，总不能是有人暗地里害（声沉着）他罢，为甚么好好的眼睛忽然的变坏了呢？（目注七）

李 （低头）真是，也不知怎么了，你们上回离家的那天都还是好好的不是？你说有人算计他……

严 吭……

李 别是那老瞎子罢，有人说瞎子要收徒弟就想法子挑聪明的孩子给弄瞎了，他们为了自己就顾不得人家，阿明那孩子生相也怪，他就爱跟那老瞎子说话玩儿，谁家孩子都不能跟瞎子亲热不是？

严 快别这么说，那老周是好人，他跟这家子又没有仇又没有恨，他那〔哪〕会下这样阴险的毒手？

李 唷，这谁知道，常言说的人不可以貌相，我就最讨厌那班走江湖的。……可不是么，他初来的时候，我还让他上咱们家算命来着，他打头儿说话就有点儿怪，他说甚么丧门白虎，年内一定见血甚么一死的胡话，我听气极了，就把他撵了出去，准是他记恨了。偏偏阿明那孩子一听着他那倒运的三弦，就非得跑出去跟他胡扯，我看他准有点儿嫌疑。

严 天有报应，谁造孽谁受报，王法到不了的时候自有天条，也用不着咱们胡冤枉人的。倒是老师他，我看是太可怜了。他本来是最敬佛爷的，这回他简直是痛伤了心，阿明要是不好，他，他就此发了疯都说不定！原来他过庙总是要拜庙的，今儿到山里去，他对着火神爷土地直骂，他说他一辈子亲手造了好几处庙，亲手雕了不知道多儿个的佛像，又是逢山拜山，见庙进香的，谁想好处不见，反而家里出了这希〔稀〕奇的事情，他怎么能不怨，他怎么能不恨？不说别的，你不看他这几天简直连饭都不吃，晚上觉都不睡，眼睛里直冒火，说话声音都是发抖的，人家说话有时他都听不真，师母你又是这燥〔躁〕脾气，没有得好脸子给他看。可是除了你，师母，还有谁能帮着他一点。我怕我们再不想法子舒疼舒疼他，他要再有甚么长短，师母……

李　（低头不语有顷，微露焦躁。）我明白你的意思，老严，可是这话你别用跟我说，单瞧他疯劲儿，谁受得了他的，我是受够的了！

严　那你……

（卞自内室出）

严　（转向卞）怎么了？

卞　那符我给化在水里给他吃了。

严　你没有忘了那小包朱砂罢？

卞　没有忘，你进去看看他去。

（严入内室。卞行至佛像前，握拳作愤怒态，继低头似自艾，复至灵位前，对遗像凝视，摇头未感。忽转身冷笑，七妹惊顾。）

卞 （指灵位）怎么，老太太这儿茶都不用供了！活人你不管也罢了，连故世人的面前你都不该尽一点心么？（七不语）阿明，多活灵的一个孩子，我交在你的手里，好好的一双眼睛，怎么会出这怪病，我不在家，你可在家。（愤）我不问你问谁！（七不语）我这辈子就有这一个孩子，又是这双眼睛（悲），这双眼睛，叫我怎么能不心痛？（七不语）老太太，娘呀！你想不到罢，你去了不到几个月，我们家就变成了这个样儿，一杯茶水都没有人管。（七不语）还有阿明，我也无非顾着您的意思，算是有了一个娘，多少可以看着他一点，唉！娘，他眼睛都快瞎了！（七不语）好，你没有得话说，你也该惭愧了罢，女人！阿明的眼睛要是好不了，哼，你看着罢！

（卞诉说时七表情由羞转怒，正欲发作，严自内室出，七逡巡出门去。）

严 师父，阿明说他眼睛不痛了，他要到外间来。

卞 （喜）怎么，不痛了！好，你扶着他出来。

（严复入挈阿明出，阿明眼上包有白布，一手拉严手，一手向前扪索，卞感情激动。）

阿明 爸爸！

卞 孩子，怎么了？严叔叔说你现在眼珠子不痛了，真的呀？

阿明 是不痛了，爸爸。

卞 脑袋也不昏了？

阿明　不昏了，我现在顶快活的，我一定会得好的。（略顿）爸爸！

卞　（蹲伏把阿明手）孩子，怎么着？

阿明　爸爸，你不要难过，你难过我更难过，爸爸！

卞　孩子！

阿明　我眼睛是一定会好的，爸爸。爸爸最爱我的眼睛，我知道。

卞　孩子！

阿明　爸爸，你放心，我的眼睛一定不能有毛病，我要是没有这眼睛，爸爸你也不疼我了，那我还不如死了哪。

卞　亲孩子！

阿明　爸爸你也不用跟新妈妈打架。新妈妈不在屋子里么？

卞　她才出去，不在屋子里。只要你乖乖的好了，爸爸自然不难过，回头我让严叔叔买糖给你吃。

严　准是那老道的符有点儿道理，怎么吃了那符水一阵子就不痛了呢？

卞　也许佛爷保佑。我们把他包的布去了看看好不好？

严　去了包布好不好，阿明？

阿明　好，去了试试，这回我一定看得见了，这回打你们回来我就没有见过你们。快去了罢，爸爸。

（卞严合蹲侍一边，卞解去布缚，手发震。）

阿明 怎么爸爸你发着抖哪。

(布已解去，阿明双目紧闭，卞严疑喜参半。)

卞严 (同)阿明！你慢慢的睁开试试！

(阿明，徐张眼，光鲜如故，卞狂喜)

卞严 (同)阿明，你看见我们不？

阿明 (微蹙)我——见。

(但眼虽张而瞳发呆，卞严相视。卞以手指划阿明眼前，不瞬。)

卞 你真的见吗？

阿明 不——我会见的，爸爸。

卞 那你现在还看不见？

阿明 我——见。

(卞跳起，趋室一边，倚壁上)

卞 明儿，你见我不？

阿明 (循声音方向举手指)你在那里，爸爸。

卞 (复乐观)老敢，你知道，他初睁开，近的瞧不见，远的许看得见。

严 这许是的，你再试试他。

(卞空手举起)

卞 阿明！

阿明 (现笑容)爸爸！

卞 我手里拿着甚么东西?

(阿明略顿)

严 你爸爸现在手里拿着甚么东西，你看不看见?

阿明 （微窘）我看——见。

卞 那你说呀，我手里是甚么?

阿明 （似悟）一根棍子!

卞 （极苦痛）天呀!（更不能自持，抱头伏墙泣。严亦失望。阿明仓皇，伸手向空摸索。）

阿明 爸爸，爸爸，别急，别急!（幕下）

第五幕

景如上幕

幕启时台上全黑，惟左侧内屋有油灯光，屋外有风雨声，院内大枣树乌〔呜〕咽作响。风雨稍止，院外木门有剥啄声，七妹自左侧内院驰出，偕尤同上。

尤 喔，好大雨!我全湿了。

李 怎么早不来，我还当你不来了哪。

尤 我还有不来的!

李 快脱了你的笨鞋，再进我屋子里去，糊脏的!(摸一椅使坐)

尤 (坐脱鞋)脱了鞋又没有拖鞋。

李 房里有他的鞋，你正穿，就这穿着袜子进去罢。

尤 那小的睡了罢?

李 早睡着了。他就睡在这榻上。

尤 疯子几时回来?

李 还说哪，他明儿一早就回来，你今晚不到天亮就得走!

尤 不走怎么着?

李 别胡扯了，快进去罢!

(尤七同进房，油灯亦灭。风声又作。月光射入，正照阿明睡榻。房中有猥亵笑语声，阿明惊醒，起坐呼唤。)

阿明 妈，妈妈!(声止)妈妈你睡着了?(复睡下。亵声复作，阿明疾坐起。)妈妈，你那儿是谁呀?是谁跟你说着话哪?别是爸爸回来了罢?是爸爸回来怎么没有来看我?我晓得了，我瞎了眼，爸爸也不疼我了，我早知道他不疼我了!妈妈，妈妈，我怕，我害怕，我甚么也看不见!(屋外风怒号)

这风多可怕，像是有好多人喊救命哪。妈妈，你怎么也不答应我，我才听见你说话的，我又不是做梦。妈妈，爸爸!妈妈，爸爸!我怕呀，我怕!(睡下取被蒙头有顷，亵声复作，复坐起，举手摸索啜泣。忽抬头睁眼，目光炯然，似有决心，潜取衣披上，摸索床头得杖，移步及门，手触帘，作闯入状，复止，转步摸索出右门去。目光转暗，风势复狂）。

李 （自左室内）别闹了，不早了，趁早走罢！

(尤自室内出。扪索而行）。

尤 这多黑，天还没有亮就赶人走！（及门）摸着了，我走了，啊。

(尤出门，即遭狠击）。

尤 啊呀！（扑击声）

李 （自内惊问）怎么了？

尤 哼，是你啊，小鬼！

李 （已出房）谁？

尤 （气喘）那小王八，小坏蛋，小瞎子，他，他想打我哪……不要紧，我已经带〔逮〕住了他了……你再凶，试试，好，好胆子，想干你的老子！

阿明 （嘶声，极微弱，似将毙然）爸爸！

李 （亦在门边）把他带进屋子去！

（尤七共拽阿明入内，时天已黎明，屋内有光，隐约可辨，户外风拂树梢，作呜咽声）。

尤 （喘息）小鬼，你凶！

李 别掐他了……呀，怎么了，阿明，阿明！不好了，死了！

尤 诈死罢，那〔哪〕有这么容易，我又没有使多大的劲。

李 阿明，阿明！你摸摸，气都没了，这怎么办？

尤 死了也活该，谁让他黑心要害人？

李 你倒说得容易。这事情闹大了，怎么好？疯子一回来，我们还有命么？

尤 别急，咱们想个主意。

李 你害了我了……

尤 别闹。咱们把他给埋了，就说他自个儿跑了好不好？

李 不成，他们找不着他还得问咱们要人。

尤 咒他妈的，咱们趁此走了不好么？

李 上那〔哪〕儿去？

尤 赶大同上火车到北京去，不就完了？

李 你能走么？

尤 还有甚么不能的！快罢，迟了他们回来。你东西也不用拿，我有点儿钱，我们逃了命再说罢。

李 （指阿明）他呢？

尤 还管他哪，让他躺着罢，自然有他老子来买棺材给他睡。天不早了，我们走罢。

（尤拽七踉跄奔出，天已渐明，阿明横卧地上不动，三弦声忽起，阿明苏醒，强支起，手扪喉际，面上有血印污泥。）

阿明 爸爸，爸爸！你来罢！你怎么不来啊！（复倒卧）

瞎 （扪索入门）我早知道这家子该倒运，我早知道！阿明，阿明，你在那〔哪〕儿哪？（杖触阿明）。

这是甚么？阿明！（俯身摸之）可怜的孩子！凶恶的神道，要清白的小羔羊去祭祀——这回可牺牲着了！（坐地下，抱阿明头，置膝上，抚其胸）阿明，阿明，你有话趁早对我说罢。麻雀儿噪得厉害，太阳都该上来了。昨晚上刮了一宵的大风，一路上全是香味：杀人的香味，好淫的香味，种种罪恶的香味。可怜的小羔羊，可怜的小羔羊！醒罢，阿明。

阿明 （微笑）是你呀，老周！

瞎 除了我还有谁，孩子。

阿明 你是怎么来的？

瞎 我听见小羊的叫声，我闻着罪恶的香味。

阿明 你说的甚么话？

瞎 下雨，下雨，这回可真下了血了。

阿明 你说的甚么话？

瞎 你爸爸几时回来？

阿明 他今天回来，也许就快回来。

瞎 你觉着痛不？

阿明 我觉得倦，可是我很快活，有你来陪着我。

瞎 你有甚么话对你爸爸说，孩子？

阿明 对他说，我爱他，好爸爸，对他说，我想替他杀那个人，可是我气力小，打不过他。对他说我见了我的亲妈，我的眼一定看得见了。对他说，我要见他，可是我倦极了要睡了。对他说，我——爱——他——好——爸——爸……

瞎 还有甚么说的，孩子，慢点儿睡。

阿明 （音渐低）我——也——爱——你——老——周。我——想——听——你——弹——听——你——唱——我——要——睡——了……

瞎 （取三弦调之）好，我唱给你听。（弹三弦，曲终阿明现笑容，渐瞑目死）。歌：

我是天空里的一片云，
偶尔投影在你的波心——
你不必讶异，
更无须欢喜——
在转瞬间消灭了踪影。
你我相逢在黑暗的海上，
你有你的，我有我的，方向；
你记得也好，
最好你忘掉，
在这交会时互放的光亮！

瞎 阿明，阿明！（抚其头面，及胸）。去了，好孩子！（抱置怀中）张目前望。若有听见，（面有喜色）再会罢，孩子！（户外闻急骤铃声）最后的人回来了。

（卞严入室，见状惊愕，木立不动。）

瞎 （自语）走的走了，去的去了，来的又来了……

卞 （走近）阿明，阿明！

瞎 他不会答应了。

（卞疾驰至内室，复驰出，听瞎子自语，立定，严见尤所遗雨鞋，捡起察看，点头似悟。）

瞎 我闻着罪恶的香味，我听见小羊的叫声。走的走了，去的去了，来的又来了。

卞 （张眼作疯状，严伸手欲前扶持之，复止）哈哈！我明白了！

（卞握拳露齿，狞目回顾，见壁间佛像，径取摔地上，复趋灵案前，伏案跪下。）

（长号）妈呀！（踉跄起立，双手抱头，行至阿明横卧处，伏地狂吻之）阿明，阿明，我的亲孩子！（复起立。狂笑）哈哈——哈哈——哈哈……

（自语）走的走了，去的去了，来的又来了。（忽示决心，疾驰出门）

严 （卞狂叫时木立不动，似有所思，见卞出，惊叫）师父，不忙，还有我哪！

卞 （复入，立开口）老敢！（严未应，卞复驰出。严随出。户外有巨声）

瞎 好的，又去了一个！

（严回入室，手抱头悲痛，忽抬头。趋壁角捡得利刀，环顾室内，疾驰出门。）

瞎 好的，报仇！好的，报仇！血，还得流血！（抚阿明）好好睡罢，孩子，没有事了！（取三弦弹，幕徐下。）

1928年5月12日《上海画报》所刊陆小曼戏照

卷六·画作

陆小曼山水画长卷局部一，1931年春创作

陆小曼山水画长卷局部二，1931年春创作

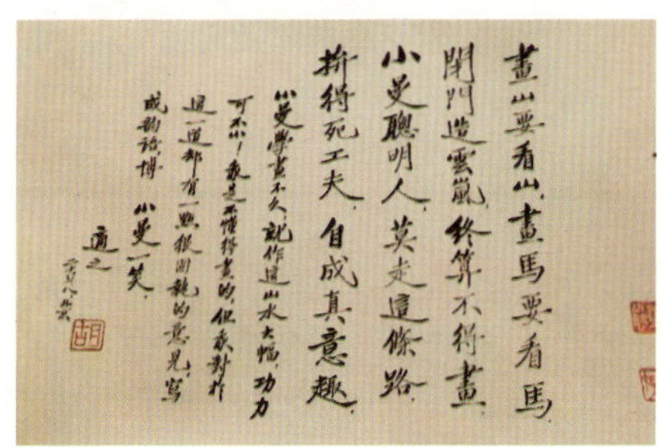

胡适为陆小曼山水画长卷题跋

西湖佳境

爱莲居士(1933年)

朱竹

春雨江南(庚辰年1940)

松阁观浪（1941年）

花到春深(1943年)

晚渚轻烟(1943年)

倚栏思春（戊子年 1948）

仿仇十洲春思图

山水(戊子年 1948)

花卉手卷(1954年)

松下论道图

人民公社图（1958年）

山溪烟雨（1961年）

翠峰冥色图

梅石双禽

春水桃花

花蝶